Bachelor Pack Bundel

deel 1 & 2

Zanna Bear

Voorwoord

Voor je ligt mijn eerste bundel. Losstaand waren deze korte novelles niet de moeite van het printen waard, maar samen maken ze toch een leuk boekje.

Deze twee verhalen zijn onlosmakelijk met elkaar verbonden en spelen zich in ongeveer dezelfde lengte van tijd af.

Ik hoop dat jij net zoveel plezier beleefd aan het lezen als ik had met het schrijven en dat de personages na afloop nog even bij je blijven hangen.

Love you, bye

Zanna Bear

Coverontwerp door Getcovers.com

Nederlandstalige Paperback Bundel ISBN – 979-8-90243-391-0

ZANNA BEAR

Engelstalige Paperback Bundle ISBN – 979-8-90243-398-9

Schrikkeljaarvloek

Zanna Bear

Omslag ontwerp door Zanna Bear & Soulflu

Hoofdstukillustraties door Soulflu

Vertaling Esther Heymans

Met uitzonderlijke dank aan Kris Vanc Writing Services

e-ISBN 9789083362069

Flaptekst

Al meer dan een decennium voert Rowans pack van vrijgezelle wolven oorlog tegen een naburige pack, de Royal Raggeds. Nu vecht hij net zo hard voor een vredesverdrag met de vijandige alfa, als onderdeel waarvan hij diens dochter tot mate zal nemen.

Er is slechts één klein probleem; Rowan heeft al een mate.

Een

TWEE WEKEN VOORDAT ROWAN zou trouwen met de dochter van het hoofd van een rivaliserende roedel, kwam hij tot de ontdekking dat hij al een mate had.

Om te zeggen dat dat spijtig was, was een understatement.

Al maanden werden er vredesgesprekken gevoerd en eindelijk boekten ze vooruitgang. Als het hoogtepunt van de bemiddelde vrede zou hij trouwen met Prinses Bitch. Hierdoor zouden de gevechten tussen de Royal Raggeds en de New Town Bachelors eindelijk ten einde zijn. Over de afgelopen tien jaar waren vele wolven gesneuveld. Beide roedels waren uitgedund, waardoor zij een makkelijk doelwit waren voor de Wilden; wolven die compleet waren opgegaan in het leven als beest.

Het gebeurde tijdens de gedaanteverandering onder de nieuwe maan. Normaal rende hij alleen met zijn eigen roedel; de vrijgezellen van New Town.

Door de vredesonderhandelingen en de naderende bruiloft waarmee de onderhandelingen zouden worden bezegeld, zou de rivaliserende roedel zich bij hen voegen. De gemeenschappelijke tocht was van te voren gepland en zou hopelijk voor een groter gevoel van saamhorigheid zorgen.

Onder het rennen, hield hij King nauwlettend in de gaten. Hij liet de donkerdere wolf met littekens aan kop gaan, toen zijn dochter aan de andere kant naast hem kwam rennen. Hoe dichter bij zij kwam, hoe meer afstand hij wilde.

De wolf in Rowan hield niet van menselijke gedachten. Hij draaide op instinct en emotie. Hij rook de teef die de zijne zou worden, ze naderde haar vruchtbare periode.

Rowan was niet zomaar een man, was niet zomaar een wolf. Hij was een shifter en een Alfa. Terwijl zijn wolf rende, probeerde hij zijn geest leeg te maken. Dit moest opgezet zijn. Als hij zou trouwen met Prinses Bitch en haar bezwangerde, dan kon hij zich niet terugtrekken. King zou Rowan's aanvaarding van het vredesverdrag afdwingen.

King wisselde met Prinses van plek en stuurde haar richting Rowan. De wolf in hem protesteerde tegen haar nabijheid. Haar geur hing zwaar om hem heen, maar trok hem niet aan. Deze wolvin was niet voorbestemd voor hem. Belangrijker nog, *hij* hoorde *niet* bij *haar*.

Een combinatie van geuren kwam op in zijn geheugen, als de herinnering van een half onthouden droom. Zoet, warm, aantrekkelijk. Perzik taart op een zonnige middag.

Prinses rook helemaal niet zo. Haar aardse, kruidige geur, gecombineerd met muskus van haar wolfse kant, stootte hem af.

In Rowans hoofd begonnen alarmbellen te rinkelen, bleven enigszins op de achtergrond terwijl het dier vrij rond zwierf. Er was geen reden om een vruchtbare teef afstotelijk te vinden, tenzij...

Hij al een mate had.

De realisatie deed hem kokhalzen. De wolf verslikte zich en duwde Rowan inwendig verder naar de achtergrond. Hij wedijverde voor de tweede plaats, manoeuvreerde Prinses weg van haar vader, ervoor zorgend dat zij een paar passen moest inhouden. Een bekende, onvoorwaardelijk vertrouwde, lichter gekleurde wolf kwam achter hem en verzekerde zich ervan dat Rowan niet uit de groep geduwd kon worden door de koplopers van de Royal posse.

Terwijl de wolven renden raakte Rowan in paniek. King zou de vrede zo van tafel vegen als hij erachter kwam dat Rowan niet kon trouwen met zijn dochter. Het verborgen houden was cruciaal.

De Bachelors hadden een sterke onderhandelingspositie, maar alleen als hun leiders zich konden binden aan de volwassen teven. De Royal Raggeds waren een familieroedel. Tenminste dat waren ze altijd geweest. Het aantal gezonde nakomelingen werd steeds minder dankzij incest en onderlinge gevechten.

Rowan werkte al meer dan een jaar om het vredesverdrag van de grond te krijgen. Hij had dertien dagen om dit probleem op te lossen, en oplossen zou hij het.

Twee

H ET VLIEGENGORDIJN, GEMAAKT VAN glazen kralen, dat de boekenwinkel scheidde van het heksenhol rinkelde zacht bij binnenkomst. Rowan vermeed die kamer en de boekenwinkel zo veel mogelijk. Technisch gezien werkte de heks voor hem en zijn pack, maar meestal voelde het omgekeerd.

Zijn nekharen stonden recht overeind, iedere keer dat hij in haar nabijheid verkeerde. Vandaag, de dag na het rennen met de beide roedels, voelde niet anders. Enkel zij kon echter opheldering geven over zijn huwelijkse staat.

Ze zat in een barokfauteuil gestoffeerd met paarse velours achter een zwart bureau. Het zou smakeloos moeten overkomen, het was eerder beangstigend. Ze had de gedaante van een nooit ouder wordend elvenmeisje, dat met elk bezoek cynischer werd. Op haar gemak hing ze in de melodramatisch monsterlijke zetel.

Naast zijn twee meter lange houthakkers postuur leek ze een dwerg. Een Yorkie ten opzichte van een Rottweiler.

Vandaag waren de krullen van de heks opzichtig roze, waardoor ze intimiderend over kwam in plaats van gemoedelijk. Het was algemeen bekend dat shifters onnatuurlijkheden verafschuwden. Brillen en gehoorapparaten voor ouderen waren een grensgevalletje, maar geen enkele shifter met enig gevoel van eigenwaarde zou ooit nepnagels dragen, laat staan haarverf gebruiken.

"Waar ben je vandaag voor gekomen, Rowan?" vroeg zij in een diepere stem dan men verwachtte bij haar kleine gestalte.

"Ik ben getrouwd."

"Mooi. Daar is dat hele vredesgesprek voor, is het niet?"

"Het is niet de Prinsessenteef."

"Oh? Heb je het aangelegd met een ander meisje tijden de Nieuwe Maanloop?"

"Nee. Was 't maar waar..." Hij snoof, en nam plaats op een krakkemikkige klapstoel, met een nep leren zitting, tegenover Bionda. Als hij zich zou verbinden aan een ander van de Raggeds, dan zou deze penibele situatie minder erg zijn. Dan zou hij het met King kunnen bespreken en zou één van zijn broers zijn plaats kunnen innemen aangaande PB.

"Nee... De vloek moet haar uit mijn geheugen gewist hebben..."

De heks zuchtte diep, haar gehele houding stortte in. "Rowan... dit is de vierde keer dat je hier komt omdat je iets bent vergeten, een hele dag verdwenen uit je geheugen, de belangrijkste dag van de afgelopen vier jaar. Da's een hele verdomde verdienste, *vriend*."

"Ja..." Rowan krabbelde op zijn achterhoofd. Van elke vier jaar vergat hij één dag. De dag met meeste impact op zijn leven.

Zijn lotsverbintenis viel duidelijk in die categorie.

Hij moest dit meisje wel erg leuk vinden als hij zich direct aan haar verbonden had. Hij had geen herinneringen aan de gebeurtenis zelf, en een huwelijk aangaan deed je niet zonder er bij stil te staan. Alhoewel, als het alleen maar lust was, zoals bij een pornoactrice...

Hij schudde met zijn hoofd. Tot een paar jaar geleden was hij een hork geweest, maar niet zo erg, toch?

Bionda haalde hem met scherpe toon uit zijn mijmeringen. "Dit! Dit is de reden dat mensen dagboeken bijhouden, Rowan. Hierom schrijven mensen dingen op. Als zij dingen vergeten, *en je niet weet dat je iets vergeten bent,* dan is er op z'n minst een vermoeden van wat er gebeurd is.

"Je zou denken, ***Rowan***, dat je dit na 32 jaar op deze aardkloot zou begrijpen. Maar neeee. Jij bent een machtige shifter van de Bachelorpack. Natuuuurlijk doe je dat niet," snoof Bionda de roze sprietenkop.

"Jij verveelt mij liever met eindeloos pendelen. Staat de laatste keer je nog helder voor de geest, Rowan?"

Ze begon net op stoom te komen, maar Rowan had het fatsoen berouwvol te kijken. Hij herinnerde zich de laatste keer, ongeveer vier jaar geleden, heel goed.

"De laatste keer vergat je je Bitlockerwachtwoord op te schrijven. Een wachtwoord dat op geen enkele digitale manier hersteld kon worden. Daarom was ik twee uur bezig om via het ouija-bord je zaak te bepleiten bij de geesten. Twee gekmakende uren, ROWAN, en het wachtwoord in kwestie: Gr0TeTi3t3NZ1jnG3!L. Pleur op. Ik wil je niet helpen." Bionda kruiste haar armen voor haar borst.

"Wij heksen rotzooien dagelijks met het lot. Dus wanneer het lot met ons wenst te rotzooien, zijn wij enigszins voorbereid om hier mee om te gaan. Mijn meerderen natuurlijk niet. Het is hun levensdoel mijn leven te vergallen."

Ze vergat te benoemen dat het een heks was die verantwoordelijk was voor de vloeken waaronder alle bovennatuurlijke wezens sinds een eeuw te lijden hadden. Rowan wist beter dan haar daar op te wijzen.

"Alsjeblieft Bie, je moet. Je wilt toch ook dat de gevechten ophouden?" Hij keek haar aan met z'n allerliefste puppy-ogen. "Je wilt toch stoppen met ons steeds op te moeten lappen?"

Haar ogen schoten vuur.

"Alsje, alsje, alsjeblieft versierd met een kilo chocolade en een roze strik erom?" probeerde hij haar te paaien. Chocolade was haar zwakke punt, geen enkele winkel in New Town verkocht het.

"Alleen pure chocolade met een blauwgroene strik." De vloek van Bionda, zoals voor iedere heks, was de zilveren ketting waarmee zij aan de dorpsput zat vastgeketend. Ze kon niet verder lopen dan dat haar ketting toeliet; in haar geval betekende dat de boekenwinkel en haar appartement er boven.

Enkel haar dood kon de ketenen verbreken.

"Geregeld." Rowan onderdrukte een grinnik, zodat Bionda hem niet extra probeerde af te zetten. Hij was zelf allergisch voor chocolade, maar had er geen moeite mee haar ervan te voorzien. In tegenstelling tot Chester, één van zijn broers, die haar nooit chocolade gaf, maar er geen enkele moeite mee had haar te voorzien van welke afschuwelijke kleur haarverf dan ook.

De heks bekeek hem van top tot teen. Eén seconde vreesde Rowan dat ze een hogere tol zou bedenken.

"Oké. Ik kan je helpen jouw mate te vinden. Als jij haar hier kunt krijgen, dan kunnen wij dit oplossen." Bionda's gebaar indiceerde hem, in zijn totaliteit. Rechtop zittend in haar fauteuil gebood zij: "Hand."

Hij rechtte zijn rug en stak zijn hand uit. Hierom tolereerde hij Bionda's gezeur. Zij kon alles wat hij verprutst had rechtbreien.

Zij haalde een dun mes tevoorschijn vanuit een onbekende locatie, sneed over de hartlijn van de palm van zijn hand. Het zilver brandde vreselijker dan eender andere snee die hij ooit had moeten verdragen. Shifters vochten onderling nooit met zilver. Het werd als oneervol gezien om deze kwetsbaarheid uit te buiten.

Nu begreep hij waarom ze zo snel had toegegeven.

Bionda smeerde zijn bloed uit over een antieke spiegel, en mompelde een eeuwenoude spreuk. Het beeld van een blonde jonge vrouw in haar twintiger jaren, met een lieflijk zacht aangezicht, vulde de lijst. Werd vanaf de andere kant op het glas geprojecteerd.

"Je kunt dit niet uitprinten zeker?" waagde Rowan te vragen. Hij voelde iets verschuiven in zijn borstkas. De wolf in hem was ineens erg geïnteresseerd, alert, opgewonden en kon elk moment uit Rowans menselijke vel tevoorschijn springen.

"Ik werk niet in een verdomde kopieerwinkel, wolf," haalde Bionda uit. "Probeer op de details te letten. Kijk of er iets is dat bekend voorkomt; of iets je kan vertellen waar zij is."

Rowan pakte het schrijfblok en potlood van Bionda aan. Met hanenpoten waar een arts jaloers op zou zijn krabbelde hij een reeks steekwoorden neer. Hij scheurde het vel van het blok en stopte het in zijn zak. "Dank je, Bie. Die chocolade komt jouw kant op."

Hij haastte zich de deur uit. Alleen het rinkelende geluid van het kralengordijn achterlatend.

"Nu schrijft hij dingen op." Bionda rolde met haar ogen en liet de spreuk uitwerken. Uit een andere lade haalde ze een pak chemische wegwerppoetsdoekjes om haar spiegel schoon te maken.

Drie

H ET KOSTE HEM DRIE dagen om de opgedane informatie uit de spiegel te verwerken op de computer en met behulp van zijn pack-broeders Banjo en Lumi vond hij de vrouw. Ieder uur dat het langer duurde was zijn stress niveau omhoog geschoten. Iedere interactie met de roedel van King raakte hij geïrriteerder.

Deze ochtend, nadat Lumi het adres van zijn zogenaamde bruid had bevestigd, ging hij terug naar Bionda. Ze verzekerde hem ervan, dat als beide partijen instemden, zij de scheiding kon regelen. Bij het zien van de grimmige blik op haar gezicht, vroeg hij niet verder door. Hij zou het wel zien als het zover was.

Rowan zat tegenover haar huis, gekleed in een Hawaii-shirt, een donker getinte pilotenbril die het meeste van zijn gezicht bedekte en met nog tien dagen op de teller om zijn mate te overtuigen hun verbintenis te verbreken. Hij hoopte voldoende op te gaan in de omgeving op deze zonnige dag om tijd te rekken, om moed te verzamelen en haar te benaderen.

Ze was knap, op een manier die hij nooit had overwogen. Totaal niet porno-actrice-achtig. Zijdezachte asblonde lokken krulden om haar gezicht, terwijl de rest in een knot zat. Ze had ronde ogen in een rond gezicht. De kleur kon hij vanaf deze afstand niet bepalen, maar hij betwijfelde of ze blauw waren.

Ze ging bescheiden gekleed; een gebloemde tuniek op een zwarte legging. Haar borsten waren niet te groot, een klein buikje, ronde billen waarin hij zich kon verliezen. Hij raakte opgewonden enkel door naar haar te kijken. En hij had haar nog niet eens geroken.

De wolf in hem drong aan om over te steken. Deze menselijke vrouw was degene wie hij nodig had om zich compleet te voelen. Rowan hield zichzelf onder controle, het meest verontrustende deel was niet, zoals het wel zou moeten zijn, dat zij door en door een mens was.

Nee, het meest verbijsterende was de peuter die ze op haar arm droeg, terwijl zij de kleine groentetuin naast een charmante bungalow, besproeide.

Ze zag er zo lieflijk uit, badend in de zon, tuinslang in de hand, met een kind op haar arm. Het vormde zo'n natuurlijk plaatje.

Het kind moest van hem zijn.

Het was niet moeilijk te begrijpen waarom de wolf in hem haar wilde opeisen en zich aan haar wilde verbinden. Ze paste perfect in zijn leven.

Deze spreekwoordelijke knuppel in het hoenderhok schopte zijn weldoordachte vredesplannen in de war.

Een gefrustreerde grom borrelde omhoog, glipte zijn mond uit, en werd gedragen op de wind.

De peuter - vanaf deze afstand was het onmogelijk te zeggen of het jongetje of een meisje was - keek hem aan over de schouder van z'n moeder. Het kind wees opgewonden zijn kant op. De blonde vrouw draaide zich om en fronste.

Rowan kon nauwelijks een snauw onderdrukken toen de vrouw richting de deur van de bungalow liep, met zijn kind. Hij stond halverwege de straat - knopen vlogen in het rond - toen hij besefte dat zijn overhemd half open hing. Dat waren *zijn* vrouw en *zijn* pup. Hij moest bij hen zijn, voor hen zorgen, hen beschermen.

Zijn wolf stond klaar om tevoorschijn te komen, midden op straat, op klaar lichte dag. Dikke grijze vacht bedekte zijn armen al. Hard getoeter. Een auto zwenkte uit. De bestuurder stak zijn middelvinger op en schold Rowan uit.

De alfa wilde de achtervolging inzetten en de inzittende uit het metalen gevaarte trekken met dezelfde finesse waarmee men een oesterschelp open wrikte.

Gezond verstand kreeg de overhand toen hij een deur hoorde dichtklikken en het geluid van de lachende peuter hem werd ontnomen. Hij moest naar huis. Hij moest zijn pack informeren. Ze moesten zich voorbereiden op oorlog voeren.

Hoe bekwaam Bionda ook was, hij zou zijn mate niet laten gaan. De heks zou ongetwijfeld kakelen en zeggen dat dit zijn verdiende loon was, omdat hij zo onverschillig met het noodlot omging.

Niet dat hij het haar ooit zou zeggen, maar op dit moment was hij het met haar eens.

11

Vier

"J E BENT WAT?" BEET Lumi hem toe. "Verdomme, Row? Getrouwd? Met wie? Wanneer?"

"Ik weet het niet, oké? Dat is het irritantste hieraan." Rowan leunde tegen één van de pooltafels in het buurthuis. Hij moest het zijn vrienden, zijn pack, vertellen. Ze moesten weten dat oorlogvoeren weer een optie was.

"Oh echt? Denk je dat dat het idiootste gedeelte is?" mopperde Chester.

"Ja, dat denk ik." Rowan kon het niet helpen om in de verdediging te schieten. "Zou jij je jouw mating niet willen herinneren?"

"Dat doet er nu even niet toe." Banjo onderbrak hun staarwedstrijd. Hij lijnde zijn keu uit en schoot met één stoot vier ballen in de pocket. "Over slechts een paar dagen ondertekenen we het verdrag. Als King erachter komt, zal hij zich terugtrekken en dan zijn we weer terug bij af. Dan begint de piswedstrijd over wie welk territorium bezit van voren af aan. Trouwens, geen enkele shifter die ik ken herinnert zich zijn bruiloft. Het is altijd het belangrijkste wat in die vier jaar gebeurt. Het lot is gemeen."

"Ja, dat heb je met de Godin van Catastrofe," was Lumi het met Banjo eens.

"Hé, eikels, kunnen we even focussen?" vroeg Chester, terwijl hij in het midden van de biljartkamer van het buurthuis ging staan. Dit was het hart van de Bachelor gemeenschap. "Row heeft een mate. Hij kan niet trouwen met Prinses. Wie van jullie neemt het stokje van hem over?"

De bijna twee meter lange pezige kerel, keek de vier andere mannen strak aan. Met z'n zessen vormden zij de top van de Bachelor pack. Allemaal hadden zij het in zich om alfa te zijn. Geen van hen wilde echter de allesomvattende verantwoordelijkheid van deze traditionele positie op zich nemen.

"Row ligt eruit," vervolgde Chester. "Ik ook. Ik ben al uitgehuwelijkt aan Leyla, in ruil daarvoor hoeven we dit dorp met niemand te delen. Dus blijven jullie vier over."

Ze keken elkaar aan alsof trouwen met Prinses, en zorgen voor nageslacht, gelijk stond aan het tekenen van hun doodsvonnis.

De Bachelor pack zorgde voor aanzien bij mannen die bij de mensenwereld wilden horen, maar ook een plek nodig hadden om thuis te noemen. Trouwen en een gezin stichten zou zaken drastisch veranderen. Zaken waar zij geen van allen aan toe waren dat deze veranderden. De politiek van een pack was ingewikkeld, en soms gevaarlijk. De Bachelor pack zorgde voor uitstel.

"Bionda zegt dat zij de band kan verbreken, als wij daar beiden toe bereid zijn," onder brak Rowan de voortdurende staarwedstrijd. "Ik kan m'n mate hierheen halen en ons door Bionda uit elkaar laten halen, dan kan ik met Prinses Bitch trouwen, et voilà." Voor het welzijn van zijn broers was hij bereid zijn mate op te geven en zich aan het originele plan te houden.

Alle vijf zijn broers keken hem scherp aan.

13

"Ik denk dat hij dat echt denkt," zei Howard, de oudste en meest norse van hen.

"Ja, dat denk ik ook." Banjo kruiste zijn gespierde armen over zijn borst.

Rowan rolde met zijn ogen. Dit gesprek nam snel een andere wending.

"Zelfs als zij van je af zou willen, wil jij van haar af?" Chester trok een wenkbrauw op.

Rowan opende zijn mond om 'ja' te zeggen. "Nee," gromde hij op lage toon.

"Dit," zei Lumi en draaide zich om naar de pooltafel om zijn keu aan te leggen voor zijn volgende stoot, "is ronduit kut."

"Dat is het niet." Rowan had ineens minder controle over zijn innerlijke wolf. Niemand beledigde zijn mate.

"Kappen nou, Lumi," beval Chester. "Row, rot op. We nemen allemaal een fucking neut, en daarna mogen jullie vieren lootjes trekken om PB te claimen."

"Ik hoop dat ze Jay leuk vindt," grapte Banjo, terwijl hij Jayson hardhandig in de ribben porde. "PB en Jay klinkt als een klassieker. Peanut butter en jelly, snap je?"

Jay hapte naar Banjo, zijn gezicht half getransformeerd tot wolvenkop.

Een wolvengevecht waarbij plukken vacht in het rond vlogen barstte los. Rowan stond langs de zijlijn en dronk zijn long island ice-tea. Het boeide hem op dit moment niet met welke soort alcohol hij zich volgoot, noch wie er zou winnen.

Vijf

H ET DAADWERKELIJKE STROOTJES TREKKEN ging langs hem
heen. Rowan kreeg niet mee dat, toen Howard het korte st-
rootje trok, hij enkel snoof en het daarbij liet.

Lumi, Banjo en Jay porden Howard en duwden de grootste man
heen en weer terwijl ze enkel een ongemeende tik terugkregen. Rowan
hief zijn hand op naar Chester in een stille groet en vertrok. Hij had
andere dingen aan zijn hoofd.

Zijn innerlijke wolf vocht als een opgesloten beest voor zijn vrijheid,
uit nood terug te keren naar zijn bruid, waar zijn menselijke kant niet
kon bevatten dat hij een bruid had.

Hij zou afscheid moeten nemen van zijn tweezitter. Het was te
onpraktisch.

Zijn tweede slaapkamer zou hij vrij moeten maken voor de koter. Zijn
porno collectie – nu hij er bij stilstond lag die al vier jaar onaangeroerd –
moest weg. Banjo of Howard zouden het wel op prijs stellen. Als zij het

niet wilden, dan wilde waarschijnlijk een andere, lager op de sociale ladder geplaatste Bachelor het wel.

Nu hij erover nadacht... konden ze wel hier blijven? Of moest hij zich aansluiten bij een andere pack? Kon hij een Bachelor blijven, nu hij geen vrijgezel meer was?

Hij schudde de stofnesten uit zijn hoofd. Hij hoorde bij deze pack en zo zou het blijven.

Twee dagen nadat hij haar voor het eerst had gezien, was hij terug. Hij stapte uit zijn sportauto en stak de straat over alsof er geen vuiltje aan de lucht was terwijl zijn wolf zijn ingewanden gebruikte als kauwspeeltje.

Hij tikte op het dunne glas van de voordeur. Er was geen extra veiligheidsdeur en ook geen hek. Het gebrek aan bescherming irriteerde hem. Dat zou stante pede veranderen.

"Aspen, blijf op de bank," hoorde hij een vrouwelijke stem zeggen. Haar stem werd luider terwijl ze sprak. Hij rook haar – lavendel en citrus – voordat de deur geopend werd.

De wolf liet opgewekt z'n kauwspeeltje vallen. Hij wilde z'n mate besnuffelen; wilde al haar geuren herontdekken.

Haar ogen waren grijsachtig-bruin, haar mond rozenblad roze. Zijn menselijke kant kon aan niets anders denken dan haar te kussen, haar lippen proeven.

De stapte naar buiten en liet de deur op een kier. Haar lieve ogen versmalden zich toen ze hem herkende. "Jij durft! Zomaar hier op komen dagen nadat je mij hebt laten stikken," beet ze hem op fluistertoon toe.

Heel eerlijk had hij liever gehad dat ze tegen hem schreeuwde.

"Wat doe je hier? Wat wil je?"

Hij kon haar irritatie ruiken en haatte dat hij de reden daarvoor was. Zijn wolf wilde haar sussen. De menselijke kant duwde de wolf terug. Eerst zaken afhandelen.

"Heb ik je gebeten toen we seks hadden? In je nek bijvoorbeeld?" Hij besloot haar vragen te negeren en zijn eigen te stellen. Hij wist dat hij dat gedaan moest hebben, anders kon zij zijn mate niet zijn.

De wolf wilde die beet vernieuwen, wilde haar bloed proeven en...

Ze fronste. Kruiste haar armen onder haar borsten. Oh, die mooie borsten, hij wilde zijn gezicht ertussen stoppen en ze de hele dag beminnen.

"Mijn ogen zitten hierboven," snauwde ze. "Waarom wil je dat weten? Was ik zo makkelijk te vergeten, nadat je mij je beste wip ooit noemde? Dat je nooit had begrepen waarom mensen seks 'liefde bedrijven' noemden, maar dat je het nu wel begreep? Hoe zit dat, huh?"

"Uhmm..." dit ging sneller fout dan naar rechts sturen in een bocht naar links. "Weet je dat sommige mensen gezegend zijn met een dierlijk alter-ego? Shifters?"

Dat zou wel moeten. Haar kind was er één. Het werd doorgegeven via de vaderlijke lijn.

"Ja." Ze trok een wenkbrauw op. Aan de buitenkant leek ze rustig, maar haar hart ging als een malle te keer. Hij rook de verandering in haar zweet.

"Nou... Wij zijn vervloekt," grinnikte hij schaapachtig. "Vervloekt om iedere vier jaar één dag te vergeten. Een schrikkeljaar, maar dan andersom."

Ze haalde haar neus op. Zenuwen veranderden in irritatie. "Juist. En heksen zijn vastgeketend aan een put met een zilveren ketting. Rot op, Rowan." Ze stapte terug het huis is. "En blijf weg, ik kan het prima af zonder jou."

Ze probeerde de deur dicht te slaan, maar hij wist zijn voet ertussen te krijgen. Hij jankte van pijn. Ze had het lef om zelfvoldaan te kijken.

"Wat als ik je meeneem naar een heks?" vroeg hij met geklemde kaken. "Kan je het met eigen ogen zien."

Dat leek haar van haar stuk te brengen. Ze keek peinzend achterom naar de woonkamer en naar de kleine die naar hun toe kwam.

"Je neemt ons kind gewoon mee natuurlijk," voegde hij eraan toe, hij voelde dat deze vrouw niet zou gaan zonder haar. En dat zou ook niet moeten.

"Mijn dochter," verbeterde ze hem. "Ik ontken glashard dat jij ook maar iets met haar verwekking te maken hebt voor een rechter als het nodig is."

"Ok," stemde hij grommend in. Voor shifters zou haar verbale ontkenning geen verschil maken. Iedereen die Rowan kende zou, door haar geur, weten dat hij Aspens vader was, maar zijn wolf protesteerde.

Dat maakte niet uit voor welke shifter dan ook, die Rowan kende. Zij zouden door haar geur instinctief weten dat hij de vader van Aspen was, maar zijn wolf protesteerde fel tegen de ontkenning.

Zes

DRIE DAGEN LATER, MET nog een week te gaan voordat Rowan met Prinses moest trouwen, was hij terug in Bionda's boekwinkel. Deze keer had hij zijn vrouw bij zich.

Zij heette Summer. Ze zag eruit als een zomervrouw. Ze rook ernaar; naar citroenmelisse, perzik en de zilte zee.

Zijn wolf was tegelijkertijd geil en beschermend. Hij wou dat ze beiden naakt waren en dat hij zijn geur op haar over kon brengen. Haar opnieuw kon veroveren. De vier uur durende reis was zowel hemels als hels geweest. Gedwongen als ze waren samen in een afgesloten ruimte te reizen, omdat niets zo afgelegen lag van de bewoonde wereld als New Town en het zeer intentioneel niet terug te vinden was op moderne navigatie-apps.

Het gordijn van glazen kralen rinkelde vrolijk zodra de heks verscheen.

"Zo, dit is 'r dus." Ze liep achter de balie vandaan en bekeek Summer van top tot teen.

Geïntimideerd door de kleine vrouw, drukte Summer zich tegen Rowans flank. Ze hief haar kin, weigerend onderdrukt te worden. "*Ze* heeft een naam; Summer."

"Ik mag jou wel." Bionda keerde haar aandacht van Summer naar Rowan. "Ga je welp vermaken. Summer en ik gaan vriendjes worden met elkaar."

"Pup," gromde Rowan door geklemde kaken. "Leeuwen hebben welpen. Wolven hebben pups."

Bionda wuifde zijn opmerking weg. "Komt op hetzelfde neer, wat maakt het uit." Nogmaals bekeek zij Summer van top tot teen, alsof zij een trofee was. Het beviel hem niet.

"Ga weg, Rowan. Laat mij kijken of ik kan repareren wat jij gebroken hebt," Bionda herhaalde de woorden die ze eerder had gesproken, glimlachend. Te vrolijk voor zijn doen.

Hij voelde Summer rillen aan zijn zijde, maar ze maakte geen bezwaar.

"Vertrouw je mij met onze, *jouw*, dochter?" vroeg hij zacht, genietend van het onverwachte moment haar in zijn armen te houden.

Summer wierp een blik richting de auto, geparkeerd voor de winkel, waar haar baby lag te slapen in haar stoeltje, en knikte kort. "Ze houdt van een snack na het slapen en ze zal de speeltuin in het park leuk vinden."

Ondanks het feit dat het dorp hoofdzakelijk bestond voor vrijgezelle shifters, woonde er ook een grote groep normale mensen. Veel van hen waren aangetrokken door de ruige omgeving, verheugd om dichter bij de natuur te wonen. Rowan had meestal niet veel contact met hen. Howard onderhield dat, samen met Jay; Chester en Rowan hielden zich bezig met de zaken voor en van de pack. Lumi en Banjo waren verantwoordelijk voor de beveiliging.

Op een gegeven moment hadden Jay en Howard besloten dat er een speeltuin moest komen voor de normale kinderen die voor de zoveelste keer voor problemen hadden gezorgd door over hekken te klimmen en in tuinen te graven.

"Red jij je alleen?" Hij wilde haar niet alleen laten. Niet nu het erop leek dat zij hem eindelijk accepteerde.

"Ophoepelen nou, Rowan. Heb ik ooit iemand vergiftigd? Behalve dan die ene keer..." Bionda's stem dwaalde af. Haar brede grijns liet net iets te veel tanden zien.

"Ik red me wel." Summer rechtte haar schouders en kreeg wat van haar moed terug. "Ga maar op mijn meisje passen."

Rowan worstelde met de wolf, hij werd verscheurd tussen blijven bij Summer en tijd doorbrengen met Aspen. Zijn keuze werd gemaakt door het boze briesende geluid dat Bionda produceerde. Hij liet Summer los en haastte zich de deur uit naar Summers auto met daarin het slapende kind, Chester reed de zijne terug.

"Iemand had hem lang geleden moeten trainen," hoorde hij Bionda zeggen, vlak voor de deur achter hem sloot.

De momenten die hij in de auto doorbracht, kijkend naar het kleine meisje slapend in haar autozitje, duurden langer dan hij ooit had ervaren. Zijn wolf was onrustig, gromde naar ieder dwarrelend blad en iedere schaduw. In de tussentijd kon hij het niet laten haar hand, haar beentje, haar blote voetje aan te raken.

Hij wilde haar knuffelen. Hij wilde janken. Hij wilde huilen naar de maan van blijdschap. Ze was perfect.

Dat hij niet van haar bestaan had af geweten deed pijn. In verhouding tot het verlies van een onbekende bruid, deed de verloren tijd met zijn pup oneindig veel meer pijn. Hij vergat één dag, maar miste jaren. Hij klauterde naar de achterbank, de waardigheid van de voorste stoel achter zich latend. Hij bracht haar slappe hand naar zijn gezicht en hield hem tegen zijn wang. Haar zachte grom rukte zijn hart uit zijn borst.

Nu pas drong het tot hem door wat het betekende als het huwelijk werd ontbonden. Hoe belachelijk dat idee was geweest.

Een scheiding van Summer en Aspen zou gelijkstaan aan het uitsnijden van zijn hart.

Een tik op de ruit liet hem met ontblote tanden grommen, nekharen overeind, klaar om te doden.

Voorzichtig, zodat hij zijn kleine meid niet zou wakker maken, stapte hij uit de auto.

"Is er iets?" vroeg hij zo normaal mogelijk, nog steeds in de stemming Chesters keel open te rijten met z'n klauwen.

Chester hief zijn handen in overgave. "Hoorde dat je terug was. Kwam even kijken. Is dat het kind?"

"Mijn kind," gromde de wolf in Rowan territoriaal.

"Wow man, rustig." Chester hief zijn handen op. "Waar is je vrouw?"

"Bij Bionda."

Chester's blik ging naar de boekenwinkel. Hij fronste en haalde diep adem. Rowan had het stiekeme vermoeden dat zijn broer, zijn beste vriend, misschien toegezegd was aan één meisje, maar dat hij liever een ander had, met wie hij in alle waarschijnlijkheid nooit samen zou kunnen zijn.

"Ze probeert het goed te maken, zei zij."

Chester snoefde: "Zegt ze."

"Juist," reageerde Rowan droog. Zijn cynisme was een dun laagje vernis voor de hoop die zijn hele wezen doordrenkte.

"Ik heb even bij Howard gekeken," zei Chester tegen Rowan, terwijl hij op zijn gemak met zijn billen tegen Summers Volkswagen leunde. "Hij stond buiten bij het huis waar de Raggeds logeren een partij chagrijnig te zijn. Toen ik zei dat hij zich koest moest houden, beet 'ie bijna mijn kop eraf."

"Waarom?" Howard had zijn aversie voor het huwelijk nooit onder stoelen of banken gestoken. Zei altijd dat het niks voor hem was. Rowan vermoede dat er meer aan de hand was, maar de gespierde bruut, hield zijn kaken op elkaar als het over eerdere liefdes ging.

Chester kruiste zijn enkels en armen en staarde nog steeds naar de boekenwinkel. "Ik heb mijn vermoedens."

"Huh. Wie zou bedenken..." Howard en PB, dat zou een bijzondere combinatie worden. De krengerigste Bitch gecombineerd met de meest stoïcijnse beer van een man. "Weet King het al?"

"Nee. Dat is allemaal aan jou."

Rowan had dit moeten zien aankomen, op een manier die niks met helderziendheid van doen had. Een diepe zucht verraadde zijn irritatie. Chester ging goed op zijn voeten staan om hem een schouderklop te geven.

"Rustig maar, kleine broer. Het is tijd om te laten zien dat je een grote jongen bent."

Rowan sloeg zijn hand weg. "Fuck jou."

"Eh nee bedankt." Chester grinnikte maar werd weer serieus. "Er komt nog iets aan, wat helemaal voor jou is." Hij knikte naar de boekwinkel waar Bionda de deur open hield voor Summer.

"Ja... dat is helemaal van mij..."

Rowan hoorde Chester lachen voordat hij zich af duwde van de auto en weg slenterde. Wat de man daarna deed wist Rowan niet. Zijn complete focus was op Summer gericht. Ze zag er boos, maar verslagen uit. In alle eerlijkheid, straalde woede in golven van haar af.

"Hé, heeft Bie uitgelegd..."

"Kop houden. Ik ga naar de buurtsuper." Summer marcheerde langs hem heen, ogen recht vooruit.

"Wat? Waarom?" Hij ging rechtop staan. "Wil je niet hier zijn voor wanneer Aspen wakker wordt?"

Haar blik had zelfs een wolf kunnen doden. "Mond houden. Jij past op mijn dochter en je zorgt ervoor dat je dat goed doet."

Rowan slikte hoorbaar en gaf zich over met opgeheven handen. "Oké. Ik zei het alleen maar, ik kan ook gaan halen wat je wilt hebben."

Haar ogen vernauwden. Hij blik flitste tussen het slapende meisje in de auto en de winkel op de hoek. "Nee, ik koop mijn eigen drank."

"Je bent een moeder!"

"Dus? Daar voelt tequila niks van." Ze stak haar middelvinger naar hem op en marcheerde door naar de kleine supermarkt die alles verkocht waar de bewoners in New Town behoefte aan hadden. Alles behalve chocolade.

Zou ze echt sterke drank gaan kopen?

Een zachte klop op het raam vanuit van de auto maakte dat hij bij zijn kleine meisje bleef. Hij opende de deur om haar uit haar stoeltje te halen. "Hé twijgje."

"Wowan," zei ze en gaf hem een knuffel. "Waar wij?" Zijn eigen geel-groene ogen keken naar hem op. "Waah mama?"

Hij droeg haar op zijn arm. Mens en wolf deelden de intense band. "Mama is naar de winkel, die daar. Zullen we naar haar toe gaan?"

"Nee. Spelen." Ze wees naar de speeltuin achter hem.

Rowan had altijd gedacht dat kinderen aan hun ouders hingen en verlegen waren bij vreemden. Die vlieger ging niet op voor mejuffrouw Aspen.

Kennelijk had de autorit voldoende lang geduurd voor het meisje om zich aan hem te binden. Hij nam haar mee naar het park, wat kon hij anders doen?

Zeven

H IJ MERKTE SUMMER OP zodra zij tegen het hek leunde. Ze at een musli-reep en had een flesje vitamine water in haar hand. Half gefronst observeerde zij hem. Rowan lachte naar haar vanuit de zandbak.

Ze lachte gespannen terug.

Hij keek naar Aspen die helemaal opging in het bakken van zandtaartjes, stond op en liep naar Summer. Hij leunde naast haar tegen het hek, opzettelijk afstand bewarend. "Hé," zei hij.

"Hé," zei zij op zachte toon terug. Ze ademde door haar tanden. "Het spijt mij dat ik zo'n bitch was."

Hij grinnikte. "Ik vind het niet erg teven om mij heen te hebben."

Ze grinnikte schaapachtig. "Gok erop dat dat waar is."

"Ik wil er maar één."

Haar rilling en de manier waarop haar geur veranderde ontgingen hem niet. Dat zij zacht op de binnenkant van haar lip beet ontging hem evenmin.

"Bionda zei dat je het je echt niet kon herinneren. Dat het inderdaad de vloek was waar je over vertelde."

"Heeft ze je ook verteld dat ik een grote idioot ben?" Op dit moment voelde hij zich idioter dan te doen gebruikelijk.

Summer knikte. Ze keek naar hem op vanonder haar wimpers. "Ik denk niet dat je een grote idioot bent."

"Gnf," spotte hij.

"Ik weet niet hoe ik vanaf hier verder moet. Ik bedoel... Ik dacht je een klein beetje te kennen. Maar dat blijkt niet zo te zijn. En jij kent mij al helemaal niet."

"Maar je wilt mij wel leren kennen."

Ze beet op haar lip en knikte. "Tegen beter weten in."

"En niet alleen voor Aspen," raadde hij.

Ze schudde met haar hoofd. Opnieuw veranderde haar geur. Opwinding kleurde haar wangen rozig.

"Ik weet één ding over jou, Summer," zei Rowan met een lage stem. "Je bent een goede moeder. De beste die je kind kan wensen."

"Waarom is het zo sexy om jou dat te horen zeggen?" vroeg ze op fluistertoon.

Hij grinnikte en kwam wat dichterbij, nam haar waterfles van haar en zette deze op een paaltje. "Omdat ik jouw mate ben. En jouw lichaam weet aan wie het toe behoort."

Haar spinnende geluid wond hem mateloos op.

"Kom met mij mee naar huis, Summer. Laat mij voor je zorgen, voor jullie alle twee. Dit weekend." Zijn stem klonk schor.

"Oké," zei ze op zachte toon. Hij zag de overgave in haar houding. Ze leunde tegen hem aan. Hij hield haar hand vast, hij tilde zijn andere hand omhoog om met zijn duim haar zachte wang te strelen. Hij leunde naar voren, zijn blik gericht op haar mond en kuste haar zoals hij nog nooit iemand had gekust.

Zacht.

Alsof zij een gesuikerd viooltje was, ongelooflijk breekbaar.

Haar zucht bracht zijn hoofd op hol.

Zijn menselijke kant begreep nu wat de wolf al die tijd al had gezegd. Zij was de enige voor hem. Zijn gevoel van bescherming laaide op, net als zijn passie.

Hij trok haar dichter tegen zich aan. De kus werd heftiger terwijl zij haar armen om zijn nek sloeg. Hij stond op het punt haar tegen het hek te duwen, toen tippelende voetjes naderden en hij iets verder af ging staan.

"Wille mijn ijsje pwoeven?"

Acht

O P DE ACHTERBANK VAN Summers auto stuiterde Aspen op en neer. "Gaan we in Wowan huis blijven. Daah blijven, mama?"

"Ja, puppy." Ze klonk niet zo opgetogen als haar kind.

Rowan keek voorzichtig opzij, terwijl hij de auto rustig door New Town reed, richting één van de huisjes aan de buitenrand. Aspens grijns was bijna breder dan haar gezicht. Haar energie werd nauwelijks in bedwang gehouden door de veiligheidsgordels van haar zitje. Hij lachte.

Naast hem, verschoof Summer in haar stoel, ze beet op haar lip en friemelde met het bandje van haar handtas. "Weet je zeker dat we niet ergens anders heen kunnen? Een gastenverblijf misschien?"

Rowan onderdrukte een lage grom. Zijn vrouw zou in zijn huis verblijven en nergens anders. Hij en zijn wolf waren het hierover eens.

"Nee. We hebben bezoek. Het is niet veilig om jullie ergens alleen te laten verblijven." Daar was niks van gelogen. King was meedogenloos. Hij zou Summer en Aspen doden als de kans zich voor deed.

Summer kruiste haar armen en keek uit het raam met opeengeklemde kaken.

Hij onderdrukte de aandrang om haar geruststellend te aaien. De gedachte om haar aan te raken bracht hem terug naar het moment van de kus en de belofte van wat komen zou. Ze bewoog weer, haar feromonen reageerden op de zijne.

Een seconde ving hij een glimp van haar blik op. Ze likte aan haar lippen en keek weg.

Hij forceerde zijn aandacht terug naar de weg. De dorpsbewoners stopten om te kijken naar de onbekende auto. Aspen zwaaide naar een kindje in de wandelwagen.

Hij parkeerde voor zijn huis van twee etages, gemaakt van hout en steen, met het donker groene bos erachter. Summers gelukzalige zucht overtuigde hem dat zij hem, New Town en het leven met de pack kon accepteren.

"Thuis."

Ze gaf hem een blik. Ze kwam in actie omdat Aspen zat te frunniken met de gordel van haar stoel. Met een grote grijns stapte Rowan uit. Hij pakte de reistassen uit de kofferbak en opende de deur van zijn huis.

Aspen wurmde zich los uit de greep van Summer en liep naar binnen. "Wow. Wow! Bank! Dwink bak! Ruikt naar barbie-tsjoe!

Rowan grinnikte bij het horen van Summers getergde zucht. Ter ondersteuning stak hij zijn hand uit. Ze lachte timide, negeerde zijn hand, maar botste tegen hem aan bij het naar binnen gaan. Het moest expres zijn. Haar geur streelde zijn ziel. Kwijlend deed hij de deur dicht en sloot de wereld buiten.

Als hij haar had kunnen bespringen en de liefde had kunnen bedrijven op de stenen vloer, dan had hij dat gedaan. Maar helaas, voordat hij aan zijn lust voor Summer kon toegeven moest hij eerst de zaak King rechttrekken. En dat zou hij doen zodra Summer en Aspen gesetteld waren.

Negen

D E LATE MIDDAG ZON wierp een idyllische gloed over New Town, de velden aan de oostzijde en de omringende bossen. Rowan sloot de deur van zijn huis achter zich. Hij ging nergens heen totdat Summer de deur van binnenuit afgesloten had. Hij had haar de wapenkluis en de schijnwerper laten zien. Hij had haar ook uitgelegd hoe het alarmsysteem werkte, dat in directe verbinding stond met de controle post in het buurtgebouw.

Dat laatste zou waarschijnlijk niet behulpzaam zijn, gezien alle wolven op straat zouden zijn en alle normale mensen zich veilig in hun huis verscholen.

Met rechte rug liep Rowan naar het park. Daar hadden zijn broers afgesproken met King en zijn Raggeds.

Tot zijn verbazing, stond één van Kings mannen aan de linkerkant van de alfa, in plaats van, zoals te doen gebruikelijk, Prinses. De jonge vrouw was nergens te bekennen. Rowan fronste. Hij wierp snel een blik op Howard. Moordlust straalde van hem af.

"Waar gaat dit allemaal over?" eiste King te weten zodra Rowan zijn plek in nam naast Chester.

"Waar is Prinses?" Rowan ontmoette de blik van King. De oudere, meer ervaren man zag eruit alsof hij ieder moment kon toeslaan. Rowan was blij dat al zijn vijf broers bij hem waren.

"Zou jij dat niet graag willen weten?"

"Dit gaat ook haar aan."

King keek naar Howard. Howards grom was zo laag dat zelfs Rowan hem met moeite hoorde. Rowan zette een stap naar voren, zijn houding gespannen.

"We moeten opnieuw onderhandelen over de voorwaarden van de vrede. Ik kan niet met je dochter trouwen."

Nu had hij Kings volle aandacht. "Wat zeg je?"

"Ik heb al een mate. De vloek nam me mijn herinneringen af."

"Jij malloot," haalde King uit en stapte richting Rowan. Zijn adem rook naar de ziekelijk zoete lucht van rottend vlees.

"Howard neemt mijn plaats in. Daarmee blijft de voortzetting van jouw familielijn gewaarborgd."

"Ik heb Howard niet gekozen voor mijn dochter." King kwam dichterbij. Zijn huid begon te rimpelen, zwarte haren sprongen tevoorschijn waar eerder geen haren te zien waren geweest.

"Ja... het spijt me." Rowan stond met gespreide benen, zijn wolf kwam naar boven, klaar om tevoorschijn te komen. Adrenaline bereidde zijn spieren voor op de verandering.

"Ik zal er voor zorgen dat het spijt, jongetje."

De lucht vulde zich met geluiden van scheurende kleding en het grommen en grauwen van vechtende wolven.

Wat begon in het park verspreide zich al snel door het hele dorp. Voordat de maan opkwam dreven de Bachelors de Royal Raggeds uit de stad.

Rowan hinkte naar huis. Hij bad naar Ate dat Zij zijn familie gespaard had. Summer en Aspen waren veilig. Ze moesten veilig zijn.

Hij klopte op de deur van zijn eigen huis. Hij klopte nog een keer en nog eens.

Boven ging een raam open. Iemand spande de haan van een shotgun.

Dat geluid maakte hem zo trots.

"Identificeer jezelf," hoorde hij Summer zeggen, het klonk dapperder dan dat hij rook dat zij was.

"Rowan," antwoorde hij. Hij hoorde kleine nagels krabben aan de deur. Hij was blij dat Summer dat niet kon horen. Het moest Aspen zijn die probeerde de deur te openen om bij hem te komen. Binnenkort zouden ze eens een gesprek moeten voeren over vreemden binnen laten.

Seconden later werd hij verblind door witblauw licht toen Summer de schijnwerper aanzette. Zijn wolf gromde laag, het beest lag nog te dicht onder het oppervlak.

"Jij bent het echt." Het licht dimde. Het raam werd gesloten. Voetstappen op de trap. Het duurde even voordat de deur open ging.

"Rowan." De opluchting was van Summers gezicht af te lezen. Met Aspen op haar arm, gaf zij hem een knuffel en trok hem naar binnen. Hij sloeg zijn armen om hen beide heen en voelde de spanning van zich af glijden. Eindelijk begreep hij waarom mannen aan een vrouw begonnen.

Hij had zich nog nooit zo thuis gevoeld als nu, met zijn meiden in zijn armen.

Tien

"**G**A ZITTEN. LAAT ME naar je wonden kijken." Summer stuurde hem naar de bank. Aspen sprong naast hem op en neer, overactief van oververmoeidheid.

"Je weet dat dit morgen als vanzelf is genezen, toch?" Hij liet zich in de kussens van de bank zakken. Aspen sprong op schoot. Hij sloeg zijn armen om haar heen. Na een paar seconden van onrustig gewiebel kalmeerde ze en kroop tegen hem aan.

"Stil." Ze haalde een verbanddoos uit Aspens luiertas tevoorschijn. "Laat mij voor je zorgen."

Heel even sloot hij zijn ogen en liet de zachte aanraking van zijn vrouw de stress in zijn lichaam verlichten.

"Bionda zei dat de enige manier om onze verbintenis te breken was om jou te doden." Summer veegde een nare wond op zijn arm schoon met desinfecterend middel. Het beet als de neten.

"Is dat wat ze zei?!"

Summer knikte, en streelde zacht Aspens nek. Het meisje was in slaap gevallen. De geluiden die ze produceerde klonken meer als die van een puppy dan die van een mensenkind.

"En?"

"Ik heb zo vaak gehoopt dat je terug zou komen. En toen accepteerde ik dat dat nooit zou gebeuren."

"En hier ben ik dan..." Hij begreep dat ze huiverig was om het leven dat ze voor zichzelf had opgebouwd zomaar op te geven. De wolf in hem had haar opgeëist, maar zijn mens leerde haar nu pas kennen.

"Hier ben je dan." Er klonk een lach in haar stem.

"En ik ga nergens heen," bevestigde hij.

Ze keek weg, maar haar geur vertelde hem alles wat hij moest weten. Ze vond dat een fijn idee.

"Denk je dat je je kunt vestigen hier in New Town?" Hij begreep het als ze haar leven niet gelijk wilde omgooien. In dat geval zou hij bij haar intrekken.

"Kun je me bedenktijd geven?"

Hij sloeg zijn arm om haar heen en trok haar dichter tegen zich aan. "Ja. Zolang jij onthoudt dat ik je niet laat gaan. Vloek of geen vloek."

Ze keek hem aan. Hij grinnikte. Hij kuste haar. Zij ontspande en leunde tegen hem aan. Op het moment dat de kus hartstochtelijker werd, schopte Aspen hem net niet in z'n ballen.

"Nadat ik jouw kind in bed heb gelegd, leg ik jou ook in bed," beloofde hij. Het zachte spinnende geluid dat ze maakte vertelde hem dat ze dat alles behalve vervelend vond.

Elf

O P ZONDAG OCHTEND LIEP Rowan met zijn gezin de kleine eetkamer van het buurthuis in, voor het ontbijt met zijn packbroeders. Of niet.

Vier joelende stemmen begroette hem bij binnenkomen. Vier onstuimige mannen, onder invloed van hun overwinning, stonden op om een goede blik te werpen op zijn mate en pup.

Aspens lach gaf de doorslag. Summer kneep in zijn hand en legde haar wang tegen zijn schouder. Ze vertrouwde hem.

Ze liepen verder naar binnen.

Vier shifters kwamen snuffelen, maar hielden een respectvolle afstand. Rowan liet het toe.

"Waar is Howard?" Rowan ging zitten en gaf de zachte broodjes door aan zijn vrouw.

"Hij is hier," zei Howard zelf. Hij hield een vrouw achter zich verstopt, alsof hij op die manier haar geur kon verbergen. "Hou op met staren," voegde hij er op grommende toon aan toe.

"Is dat PB?" vroeg Jay met ongeloof in zijn stem.

"Dat is *mijn mate*," maakte Howard duidelijk. Hij stond op het punt zijn zelfbeheersing te verliezen. Rowan begreep hoe hij zich voelde.

"Godskanonnen!"

Banjo pruttelde in zijn sinaasappelsap. "Nou weten we waar jij heen ging tijdens het gevecht."

De ruimte werd overspoeld met kabaal.

"Phoebe?" vroeg Summer zachtjes aan Rowan.

"Prinses. Ik leg het later uit." Hij kuste haar slaap, en wist dat hij deze dag - of een van de laatste dagen - waarschijnlijk weer zou vergeten, maar dat zij zich alles zou herinneren.

Aan Mijn Zijde

Zanna Bear

Omslag ontwerp door Zanna Bear & Soulflu

Hoofdstukillustraties door Soulflu

Redactie door Ester Heijmans

Playlist

Hound – Chase Noseworthy
You're mine – Disturbed
Fragile – Poets of the Fall

Dedication

Voor de gebroken zielen, die elkaar helpen genezen.

Een

HOWARD HOORDE ROWANS PRESENTATIE van het vredesverdrag aan. Hij kon zijn grommen met moeite onderdrukken. Zijn wolf zat hem, zoals altijd, een beetje te dicht onder de huid.

'Je begaat een grote fout.'

Hij haatte King. Had hem gehaat sinds het moment dat de wel-bekende alfa en zijn pack – de Royal Raggeds – het dorp waar Howard opgroeide overmeesterd hadden. Howard had, verscholen onder de bank, toe moeten zien hoe King zijn oom afmaakte, de moord rekkend om zowel de stervende man als de verstopte jongen te folteren.

Vervolgens had King de gedecimeerde pack gedwongen te kiezen: bij hem aansluiten of verstoten worden. Howards ouders hadden ervoor gekozen zich bij een andere pack te voegen, ver van huis, hun jonge kinderen meenemend.

Het bloedbad en de daaropvolgende tweedeling hadden de grondslag gelegd voor Howards anarchistische neigingen. Als jonge shifter was hij onmogelijk geweest. Had tegen alle heilige huisjes geschopt. Toen hij de rijpe leeftijd van zestien bereikte, had hij de keus gekregen om zich te onderwerpen aan de alfa van die pack, of vertrekken.

Hij vertrok. Tien jaar lang had hij door de wereld van de gewone mensen gezworven. Hij had zijn deel aan relaties, de meeste kort, gehad. Zijn enige langere liefde, een lief meisje, vijf jaar jonger dan hij, stierf aan kanker. Dat had hem opnieuw op een gewelddadige anarchistische koers gezet, en hem ervan overtuigd dat het beter was als hij ongebonden bleef.

Sindsdien had hij andere mannen gevonden – shifters – die het niet eens waren met de manier waarop traditionele packs werkten. Ze waren hun eigen pack begonnen; de Bachelor Pack, alleen toegankelijk voor ongebonden mannen.

'We gaan geen volledige pack afslachten, enkel om van ze af te zijn,' wierp Rowan tegen. 'We zijn geen monsters.'

'King wel. Hij zou niet schromen ons te vermoorden als hij de kans kreeg.'

'Hij heeft die kans gehad en gefaald. Hij respecteert ons.' Rowan klonk kortaf, een argument herhalend dat hij al tig keer had uitgesproken.

'Hij gaat dit vredesverdrag naleven zolang het hem uitkomt.' Howard vouwde zijn gespierde armen over zijn borstkas. Hij was de grootste van hun groep; zes mannen die allemaal alfa zouden kunnen zijn, als ze ervoor kozen die mantel op te nemen.

Rowan zuchtte. 'Nee, dat gaat hij niet. Hij is wanhopig. Zijn overgebleven vrouwtjes zijn ongebonden en er is zoveel inteelt dat hij ze niet aan zijn eigen mannen kan koppelen, omdat dat nog meer geboorteafwijkingen zou opleveren.'

Howard mopperde: 'Dat is zijn eigen Ate-vervloekte schuld.'

'Luister. Hij biedt zijn eigen dochter aan als tegenhanger. Een van ons neemt Princess tot mate, en wij weten zeker dat hij niet opnieuw achter onze pack aan komt. Dan krijgen we eindelijk ons deel van het woud.' Dat was waar de pack-oorlog met Royal Raggeds om begonnen was: territorium. Beide zijden hadden verliezen geleden, maar recentelijk waren de Wilden – shifters die compleet waren opgegaan in het leven als beest – een groter probleem dan King en z'n mormels.

Howard keek hun alfagroep rond. Vijf paar ogen staarden terug. Blijkbaar was hij de enige die geen heil zag in deze oplossing.

'Goed dan! Vrede met die eikels. Zolang ik Princess Bitch maar niet tot mate hoef te nemen.'

Dit ontketende een luide discussie. Geen enkele wolf wilde een partner opgedrongen krijgen, want eenmaal verbonden met zijn tegenhanger was het onmogelijk om te houden van, of kinderen te krijgen, met een ander.

'Ik doe het wel,' zei Rowan uiteindelijk. 'Ik ben degene die alle moeite in deze contracten steekt. Ik offer me op.'

Twee

TEGEN HET EINDE VAN april arriveerden King en z'n mormels in New Town voor de conclusie van de vredesbesprekingen, om aan het einde van een verblijf van drie weken het verdrag te tekenen waar Rowan en King al maanden over onderhandelden.

Chester, een van de Bachelor alfa's, was er van tijd tot tijd bij betrokken geweest. Zelfs Banjo, Jay en Lumi hadden hun zegje gedaan.

Howard wilde er niets mee te maken hebben.

Daarom bevond hij zich op Zonnebloemheuvel, waar hij het zaaien van de reuzen overzag, om het vijandelijke vredescomité te ontwijken. In Juli zou het een waarlijk schouwspel zijn: de oude wachttoren op de top van de heuvel omringd door een zee van zonnebloemen. Op dit moment zag het er lang niet zo bijzonder uit. Geploegde velden, onderbroken door groene strepen aan weerszijden van schelpenpaden, als spaken van een wiel met de oude toren als as.

Zijn wenkbrauwen vormden een streep toen hij een vrouw een van die paden op zag komen. Hij herkende haar niet, en ze liep in de luwte.

Zijn tas aan een van de andere arbeiders gevend, klopte Howard zijn stoffige klauwen af aan zijn spijkerbroek. Hij hield er niet van als vreemden zichzelf toegang verschaften tot privéplekken. De toren was gemeenschappelijk bezit, dat was waar, maar dat betekende niet dat een vreemdeling zomaar binnen mocht gaan.

Met een lage grom ging hij achter haar aan. Zijn wolf jutte hem op. Vind haar, gooi haar eruit.

Ze behoorde niet tot zijn groep normies – normale mensen, zonder bovennatuurlijke gaven. Ze hoorde niet bij de pack. Ze was hier ook niet op familiebezoek; familieleden werden geweerd gedurende de vredesbesprekingen. Ze moest dus tot Kings pack behoren.

Misschien kwam ze hun verdedigingswerken peilen.

Hij koos een ander pad omhoog naar het gerestaureerde bouwwerk. Verloor haar uit het oog toen ze onder de stenen boog door stapte. Eenmaal dichterbij ving hij een zweem van haar geur op, een chemisch zoet parfum plakte aan de lucht. Zijn wolf rook enkel bitch.

Hij volgde de geuren, naar binnen en naar boven.

'Jouw aanwezigheid hier is ongewenst,' gromde hij, verschijnend op het bovenste plateau, de griet betrappend terwijl ze richting het woud keek. Per direct wist hij wie ze was.

'Alsof ik dat nog niet wist,' kaatste ze terug, haar toon nonchalant. Terwijl ze omdraaide kon hij het masker op z'n plek zien vallen. Kei. Harde. Bitch.

Hij geloofde er geen snars van. Er was iets anders aan de hand met dit prinsesje.

Hij kwam naast haar staan, leunend tegen een van de kantelen van de gerenoveerde middeleeuwse toren en uitkijkend over de velden en het bos. Het had de gemeenschap veel moeite gekost om het gedaan te krijgen, maar inmiddels was de toren de lokale trots. Haar kruin reikte amper tot zijn schouder. Toch was ze niet klein en sierlijk. Ze bezat eerder een zekere stevigheid.

Hij kon voelen dat ze elke beweging die hij maakte volgde met net iets te veel interesse. Ze was gespannen. Hij haatte het.

Hij mocht haar dan haten, haar vader haten, maar Howard was geen monster.

Zijn blik ging van het uitzicht terug naar haar. Zijn bruine ogen boorden zich in haar groene. Voor ze een stap naar achteren kon zetten en kon vluchten, schoot zijn hand naar voren, omvatte haar bovenarm. Ze vocht niet, maar haar ademhaling versnelde en hij hoorde de jammerklacht die ze probeerde te smoren.

Hij dacht dat hij King haatte. De oude furie verduizendvoudigde zich.

Zeer behoedzaam liet hij haar gaan.

Ze schuifelde achteruit, tot haar voeten het randje van het luik vonden. Ze draaide om en vluchtte.

Howard, die zijn woede meestal niet onderdrukte, wist dat hij zijn razernij in de hand moest houden. Er stond te veel op het spel. De pack, zijn dorpelingen, waren toe aan vrede. Hij zou Rowan en Chester dat laten regelen. Daarna zou hij achter King aan gaan en de klootzak uit z'n lijden verlossen.

Dus toen de wolf uit Howards huid barstte, snauwend naar de wereld, klaar om kapot te scheuren en uiteen te rijten, kon hij nergens naartoe.

Drie

P RINCESS HAASTTE ZICH DE smalle trap af, half vallend. Ze liet het gebeuren, er enkel voor zorgend dat ze niet op haar bek ging. Ze duwde de stevige houten deur open en zoog de naar aarde ruikende lucht in.

Alles wat ze gewild had was een paar momenten van ongestoorde vrede, terwijl ze zich schikte naar uitgehuwelijkt worden ter meerdere eer en glorie van haar vaders despotisme. Vanaf het dak van de toren had ze de schoonheid van New Town gezien.

King en zijn beta's, Granger en Nester, klaagden altijd over de Bachelors en hun dorp vol normies, hoe vreselijk het was dat ze de moderne normie levenswijze aangenomen hadden met hun computers, telefoons en een gros andere elektronische apparaten. Ze spuwden gal, maar hun stemmen waren doordrenkt van jaloezie. Ze had het gezien in hun ogen. Het ding dat ze al jaren kapot probeerden te maken, was wat ze het liefste wilden.

Hun afgunst kon slechts één ding betekenen: de Bachelors hadden iets groots opgezet. Sindsdien was ze tot de conclusie gekomen dat ze een sterke pack vormden. Niet levend in volledig isolement, maar ook niet afhankelijk van buitenstaanders. Dat was goed.

Princess rende omlaag naar het dorp. Het was niet groot, de helft zo groot als haar geboortedorp. Misschien net iets meer dan honderd huizen, een groot buurtcentrum met een park ernaast, omringd door een paar agrarische velden en weides waar verschillende soorten dieren graasden. Achter het dorp lag het bos, wat de wolven gemakkelijke toegang verschafte tot schemerige vrijheid.

Het was niet Koninkrijk Kome, waar bijna duizend shifters op elkaar gepakt zaten. Te dicht op de huid. Ze werden onderdrukt; werden verminkt of gedood wanneer ze zich durfden uit te spreken. Zij leefden in armoe, terwijl de leiders zich wentelden in rijkdommen.

Vier

HOWARD WERD GESOMMEERD TE komen, niet door zijn broeders, maar door de Heks. Ze stuurde een loopjongen – een van de normie kinderen – om hem te halen. Als hij zich niet aan haar presenteerde voor de boekwinkel sloot, zou Bionda hem vervloeken tot in de zesde generatie. Hoewel Bionda een hang naar melodrama had, wist Howard niet zeker dat ze dat niet daadwerkelijk zou doen.

Hij nam plaats op de klapstoel met neplerencen bekleding en kreeg het voor elkaar het ding niet te pletten. Voordat hij goed en wel had kunnen focussen op de pixie in de opulente stoel tegenover hem, schrok hij op; ze klapte haar geopende hand op het blad van haar monsterlijke zwarte bureau.

'Je kunt King niet vermoorden.' Toen hij achteruit deinsde en op de vloer belandde, zei ze met opgetrokken wenkbrauw: 'Slopen is kopen, Meneer Bear.'

'Wat de fuck, Bie? Waarom heb je deze klapstoelen eigenlijk? Martelwerktuigen zijn 't,' gromde Howard laag, zichzelf bevrijdend uit de ravage. De scharnierschroeven waren volledig uit verband gerukt. Zonder te wachten op Bionda's oordeel – zowel van zijn karakter als van de to-ereikendheid van de stoel – gooide hij het ding door de achterdeur naar buiten, richting de oude waterput. Een dunne zilveren ketting liep naar het oude stenen bouwwerk en zat verankerd in het metselwerk. Het andere einde zat om de enkel van de heks gekluisterd.

'Jij mag een nieuwe stoel voor me kopen, en een levenslange voor-raad chocola,' grijnsde Bionda roofdierachtig. Ze zag eruit als een neon-roze piraña op haar paars met zwarte troon.

'Doe 't zelf,' gromde hij terug, wetende dat ze niet onder de indruk zou zijn.

'Nah. Ik ben jullie gevangene, jij mag 't voor me doen.'

'Ik hou je niet gevangen, dat doet je vloek.'

'Mijn vloek laat me werken voor shifters die elke vier jaar het master password van hun bitlocker-account vergeten, zodat ik het kan Ouija-borden voor de kl-'

'Dat was Rowans schuld, niet de mijne,' voelde Howard zich genoodzaakt te verduidelijken, wat hem op een spottende herhaling van dezelfde woorden en een dodelijke staar kwam te staan.

'Als wederdienst voor wat ik allemaal voor jullie doe, mag jij de dingen die ik leuk vind op het internet bestellen.' Ze ontblootte haar piraña-tanden in een lach die hem een zeer ongemakkelijk gevoel gaf.

'Ik snap niet waarom je zo'n hekel hebt aan digitale zaken.' Howard sloeg zijn armen voor zijn borst over elkaar. Vreselijk hoe ze het voor elkaar kreeg om hem, zelfs als hij stond, zich klein kon laten voelen. Hij was verdomme drie keer zo groot en vier keer zo zwaar als zij!

''t Is een heksending. Net zoals jullie wolven niet van chemicaliën houden.'

Howard fronste. Dat was waar. Wolven hielden niet van onnatuurlijke geuren, kleuren en smaken. Bionda's knalroze haar werkte hem bijvoorbeeld bijzonder op de zenuwen. Dat was dan ook waarom ze het bleef bleken en verven. Nog een straf voor hen, omdat zij haar cipiers waren. Niet dat zij daar iets aan konden doen; ze waren haar liever kwijt dan rijk.

'Dus waarom ben ik hier, heks?' gromde Howard beschuldigend.

'Je wilt King vermoorden. Tijdens het nieuwe-maan-uitje.'

Howard staarde de kleine heks aan. Hij had nog geen concrete plannen gemaakt, maar nu ze deze optie voorstelde, moest hij toegeven dat het eigenlijk wel een goed idee was.

'Dat kan je niet doen. Niet als je wilt dat je mate het overleeft.'

'Ik. Heb. Geen. Mate,' beet hij haar toe. En als het aan hem lag zou hij die ook nooit hebben.

Bionda bestudeerde haar gepunte nagels, inspecteerde hun messcherpe randjes. 'Nog niet.' Ze keek hem aan, haar ogen grote kolkende zilveren poelen. 'Maar dat komt. Jij moet haar redden, als je je vrienden wilt redden.'

Howard zette een stap naar achteren. Toen nog één. Hij botste tegen de muur achter hem, liet zijn armen zakken en balde zijn handen tot vuisten. Zijn nekharen stonden recht overeind. Niemand vertelde hem wat hij moest doen.

Zijn wolf liet zijn huid rimpelen, donkere haren werden donkerder, zijn neus werd langer, zijn tanden groeiden, zijn ogen puilden uit.

'Ik zal King doden,' bezwoer hij, zijn stem niet langer menselijk.

'Stop je te gedragen als een grizzlybeer,' zong de heks, 'of ik verander je in zo'n beest.' Haar blik boorde zich in de zijne, liet daarmee de wolf z'n ballon knappen als met een zeer puntige naald.

'Kun jij dat?' vroeg Howard, krimpend tot zijn gebruikelijke massa. Het idee stond hem best aan; het zou geweldig zijn een grizzlybeer te zijn.

Knijpend in haar neusbrug zuchtte ze diep. 'Ja, dat kan ik. Nee, ik ga het niet doen. Er zijn allemaal verschrikkelijk irritante wetgevingen over de wildstand. Als er plots een grizzlybeer rondloopt in dit deel van Europa trekt dat allerlei ongewenste aandacht. Dus zwijg en luister, in plaats van ruzie te zoeken.'

Haar vinger priemde hem toe, vergezeld van een doordringende blik. 'Jij mag King niet afmaken, anders doodt zijn pack ons allemaal.'

Howard wilde het niet horen. Zijn gezicht veranderde wederom in een snauwende tussenvorm.

'Koest.'

Hij werd niet 'koest'. Zo mogelijk hield zijn transformatie hem juist tussen vormen in, in een monsterlijke staat van zijn.

Bionda zuchtte en rolde haar ogen. 'De keuze is aan jou. Dood King voor genoegdoening en al je pack-broeders zullen sterven. Of neem een mate en red ze.'

'Wie?' Hij zette zijn handen op het groteske zwarte gevaarte tussen hen in, naar voren leunend tot zijn snuit haar neus raakte. Hij staarde diep in de zilveren heksenogen. 'Vertel op,' raspte hij, zijn stem drie octaven lager.

Ze stak haar kin naar voren en sloeg haar armen over elkaar. 'Doe ik niet. Niet tot jij een nieuwe stoel voor me gekocht hebt.'

Howard klauwde zich een weg naar buiten, smeet de deur achter zich dicht en trapte die verrotte stoel naar het hiernamaals, voordat hij weg stormde richting de toren om een modicum van controle over zijn vorm te herwinnen.

De toren was niet zo verlaten als hij zou moeten zijn, wat hem mateloos irriteerde. Hij beklom de trap met drie treden tegelijk. Wetende wie hij tegen zou komen op het dak, snauwde hij: 'Jij weer.'

'Ja, ik weer.' Princess sloeg haar armen over elkaar, proberend zich niet te laten intimideren, maar Howard kon de minieme verandering in haar geur ruiken, zag het trillen van haar vingers. Vingers die zich te hard vastgrepen aan ellebogen.

'Hierboven zijn geen inzichten te verkrijgen over onze veiligheidsmaatregelen,' blafte hij, nog niet klaar zijn harde toon los te laten. Hij blokkeerde de uitgang met zijn massa. Wilde weten wat ze zou doen.

'Daar kwam ik niet voor.'

'Waar kwam je dan wel voor?' vroeg hij, bewegend om haar klem te zetten. Ze liet zich niet wegjagen. Ze keek hem aan met een pleitende blik in grijs-groene ogen.

'Rust en stilte?'

Hij fronste. Was hij hier niet om dezelfde reden?

Hij stapte om haar heen en liet zijn blik over het veld gaan. Er waren pas een paar dagen voorbij gegaan sinds de reuze zonnebloemen gezaaid waren. De grond had enigszins ingeklonken. Onkruid kwam hier en daar op, nog moeilijk te zien maar snel groeiend. De reuzen hadden meer tijd nodig om te ontkiemen en zouden hun kopjes net boven de grond uitsteken tegen de tijd dat King vertrok.

Howard snoof. Blijkbaar zou King daadwerkelijk de kans krijgen te vertrekken.

'En je hebt gelijk. Vanaf hier kan ik niet zoveel uitvinden over jullie beveiliging. Anders dan dat jullie het niet zo nodig lijken te hebben.'

'Wat bedoel je?' blafte Howard. 'Banjo en Lumi werken zestig uur per week, zo niet meer, om ons veilig te houden.'

Princess gnuifde. 'Alsjeblieft zeg.' Haar ogen rollend leunde ze tegen de kanteel naast de zijne. 'Er loopt geen militie op straat. Er staat geen schrikdraad om het dorp of de velden heen. Er zijn geen omheinde barakken, met prikkeldraad en metalen punten op de muur. Geen poorten om ons binnen te houden.'

Howard werd stil. Met zijn gezicht op het dorp gericht verwerkte hij die informatie.

Gerechtvaardigde woede brandde in zijn borst. Hij zou King afmaken. Zijn pack kon naar de maan lopen. Hij kon anderen niet in zo'n staat van onderdrukking laten leven. Hij wist dat de Royal Raggeds een grote pack waren. Te groot om natuurlijk te zijn, maar hij had nooit stilgestaan bij de manier waarop ze leefden.

'Jouw dorp is zo vredig. En normies wonen hier alsof ze jullie vrienden zijn. Ik heb er met een aantal gepraat en ze deden niet eens...'

'Wat deden ze niet, Princess?' Howard draaide om haar te observeren. Haar geur deed interessante dingen. Betoverde hem. Weg was de chemische lucht van die eerste ontmoeting.

'Ze deden alsof ik normaal ben.' Verbazing droop van haar gefluisterde woorden.

Een grom inhoudend om haar niet weg te jagen, bezwoer hij wederom dat Kings leven spoedig zou eindigen.

'Je bent normaal,' antwoordde hij, toen hij dat kon zonder zijn beest vrij te laten.

'Nee, Howard Bear, dat ben ik niet.' Met die woorden draaide ze zich om en liep weg.

Hij luisterde toe hoe ze de trap afdaalde. Hij keek toe hoe ze de toren verliet en rustig terugliep naar het dorp. Hij wachtte nog enkele minuten voor hij de huil ten gehore bracht, die had opgebouwd in zijn borst sinds hij de heksenkeet verlaten had.

ZO LANG MOGELIJK DWAALDE Princess door het dorp; alles om het huis waartoe ze veroordeeld was nog een poosje langer te vermijden. Stoppend bij de speeltuin, aan de rand van het dorp, observeerde ze van een afstandje. Een handjevol kinderen speelden tikkertje op, onder en om de glijbaan. Ze dacht dat het normies waren, maar vanaf deze afstand kon ze het niet met zekerheid zeggen.

Ze zou hier de hele dag kunnen staan als het betekende dat ze niet naar huis hoefde gaan. De jongens speelden vangbal en renden rond als jonge honden. Dat zouden de hare kunnen zijn, over een paar jaar. Misschien dat ze, tegen die tijd, kon genieten van het moederschap. Op dit moment was ze enkel de teef die uitgewisseld werd voor het fokprogramma.

'Princess!' klonk een hard, bekend geblaf.

Met een zucht draaide ze zich om om Granger te volgen. De riem die hij vasthield was niet langer fysiek aanwezig, maar hij gaf er desalniettemin een ruk aan.

Zes

ALS HIJ AAN PRINCESS dacht, en aan alles wat King haar aangedaan had, wilde zijn wolf uit zijn huid springen. Zelfs nu, nu de packs zich klaarmaakten voor de gezamenlijke tocht, moest hij zich op zijn ademhaling focussen om helder te blijven. Zijn innerlijke beest popelde om losgelaten te worden, om te doden, zodat hij kon beschermen.

Terwijl hij – en met hem alle anderen – zich uitkleedde, dwong hij zichzelf zijn aandacht bij de taak van die avond te houden. Hij zou de achterhoede bewaken. Ervoor zorgen dat er geen zwervers op plekken belandden waar ze niet thuishoorden.

Hoewel Kings groep tot nu toe de regels van gastvrijheid gevolgd had, vertrouwde Howard er niet op dat dat zo zou blijven. Als er één nacht was om de zaak te verkloten, was het deze. Alle Bachelor wolven zouden in het bos zijn, New Town overlatend aan de supervisie van de normies waar King zo'n hekel aan had.

Howard wist dat Banjo en Lumi – zijn twee broers die zich ontfermden over de beveiliging van de stad – de nachtwakers opdracht gegeven hadden om iedere wolf die in beeld kwam neer te schieten met genoeg verdovingsmiddel om een olifant te vellen. Zijn broers waagden het er ook niet op.

Op de open plek staand, niet ver van Rowans huis vandaan – het huis dat het verste weg lag bij de dorpskern – moest hij zichzelf fysiek tegenhouden om niet naar de Ragged groep te lopen. Hij kon Princess geur, haar angst, ruiken in de bries. Hij wilde die geur veranderen, wilde hem heerlijk vol maken van muskus en honing.

Een grauw en een premature verandering onderdrukkend, liep Howard naar een plek waar hij Rowan met een half oog in de gaten kon houden. Zijn broeder was te diep in conversatie met King verwikkeld om het knappe blondje dat zijn bruid moest worden op te merken.

Bionda's woorden kwamen hem voor de geest. Hij moest een keuze maken; King afmaken en daarmee zijn pack verdoemen, of een mate nemen.

Het had geen moeilijke keuze moeten zijn. Maar het gezicht van zijn verloren geliefde, haar laatste moeizame glimlach, drong zich aan hem op vanuit de diepten van zijn geheugen. Haar verliezen had iets in hem gebroken. Iets wat hij niet zou overleven als het opnieuw brak.

Hij dacht aan zijn moeder en zijn vader, aan de oom die hij voor zijn ogen gemarteld en vermoord had zien worden. Hoe kon hij een vrouw verkiezen boven hun?

Aan de andere hand – hij bekeek haar naakte vorm van top tot teen – was ze prachtig.

Verdomde perfect.

Het was een verdomd mooie teringzooi.

Zij is het, liet zijn wolf van zich horen, de zaak beslissend voor de mens dat kon doen. *We willen haar.*

'Ja, ja. Rem erop. We moeten dit goed spelen,' mompelde Howard binnensmonds, tegen zichzelf pratend als de eerste de beste gek.

Gaan haar nu pakken. Howards huid bubbelde, dikke donkere haren duwden er doorheen.

'Beheers jezelf, Van Eikelestein.' Een hand kwam krachtig neer op zijn schouder, kneep als een bankschroef. 'Niemand wil ze hier, maar wees geen spelbreker door uitgerekend nu Wild te worden.'

Howard sloeg naar Banjo's arm, enkel om de klootzak bij hem weg te jagen. 'Ben ik niet. Ik heb mezelf onder controle.'

'Zegt de beer,' snoof Banjo.

'Laat het gaan, Banjo. We hebben andere zaken te regelen. Zo lang hij weg blijft bij Rowan en Chester, komt alles goed,' deed Lumi een duit in het zakje. 'Gaat dat lukken, zonnestraaltje? Of blijf je vanavond op het reservebankje zitten?'

Grommend, op het punt om Lumi flink toe te takelen, ging hij pal voor hem staan. 'Ik ga niks uitzitten.'

Voor hun staarwedstrijd kon escaleren naar een fysieke toestand, steeg gehuil op vanaf de open plek, en een voor een voegden zich daar meer stemmen bij.

Zeven

HOWARDS INTENTIE OM IN de achterhoede te blijven ging het raam uit zodra de packs aan hun ronde begonnen. Hij kon het niet uitstaan om ver bij Princess weg te zijn. Hij moest haar in het oog houden. Moest er zeker van zijn dat ze in orde was.

Hij bewoog zich door de groep naar voren, daarbij lager geplaatste wolven – zowel Bachelors als Raggeds – passerend, om dichter bij de grijs-blonde wolf die achter Rowan aanliep te eindigen.

Als zijn vriend, zijn broer, wist wat goed voor hem was, bleef hij ver bij haar vandaan.

Jay kwam naast hem lopen. Hij was de kleinste uit de groep van zes potentiële alfa's, maar een meedogenloze vechter als het erop aankwam, wendbaar en lenig en absoluut zonder vrees. Howard vertrouwde erop dat de kleinere lichter-bruine wolf hem rugdekking zou geven.

Beide wolven liepen een aantal minuten in gemoedelijke stilte naast elkaar, genietend van de beweging, genietend van het gezelschap.

Pas toen één van de gasten begon te happen naar de anderen om zich heen hoefde Howard in te grijpen. Dat bracht hem verder naar voren in de rangen, dichterbij Princess. Zij liet zich naar achteren zakken, weggeduwd van King en Rowan door Chester.

Zijn wolf ving haar geur op. Ze rook fantastisch; ambrosia gemaakt van honing en dennen. Hij moest het hebben. Moest het proeven. Moest zich de bron toe-eigenen.

Ze zakte nog verder terug in de rangen, tot ze vlak voor hem uitkwam. Haar geur werd dieper. Bezwangerde de lucht. Zij was zijn enkelvoudige focus. Zijn obsessie. Toch schoot ze elke keer dat hij naast haar probeerde te komen weg, ruimte creërend tussen hen. Ervoor zorgend dat ze net buiten bereik bleef.

De packs keerden terug naar de open plek. Wolven werden mensen. Met één stap overbrugde Howard de afstand tussen Princess en hemzelf. Voorzichtig keek ze naar hem op en lachte.

'Dit was leuk.' Haar stem klonk zacht, een streling over verhitte huid. 'Moeten we nog eens doen,' voegde ze laconiek toe, alsof ze zojuist niet bijzonder warm gelopen was voor hem.

'Verdomde zeker dat we dat doen,' gromde hij, zijn hand uitstekend om haar wang te aaien met zijn knokkels. Ze kromp niet ineen, knipperde niet met haar ogen. Zo mogelijk leunde ze naar zijn aanraking toe. Zijn blik zakte naar haar lippen. Lippen die zij bevochtigde met het puntje van haar tong.

Boven hen twinkelden de sterren bemoedigend.

Niet ver bij hen vandaan lachte King, een droog blaffend geluid.

'Zie'k je bij de toren?' vroeg ze, rustig haar hand om zijn pols sluitend, zijn hand wegduwend bij haar gezicht.

Howard knikte. Ook hij merkte de naderende alfa in zweterig adamskostuum op. Met de grootste moeite stapte hij bij haar weg. Deed hij net of hij geen interesse had in haar.

King pakte zijn dochter bij de arm, zond haar een dodelijke blik. Direct werd ze volgzaam, haar ogen neergeslagen, haar schouders afhangend. Howard keek toe hoe ze weggesleurd werd. Zijn haat voor King groeide. Bionda verafschuwde hij ook, voor... alles.

Zichzelf niet vertrouwend draaide hij zich op zijn hakken om en rende weg, terug veranderend naar zijn wolvenvorm.

Acht

PRINCES HAATTE HAAR VADER, zijn beta's, haar pack. Ze haatte de manier waarop zijn eeltige vingers in haar huid drukten. De plek beurs tot op het bot. Zelfs als de afdrukken tegenwoordig onzichtbaar waren, had hij haar daar zo veelvuldig vastgepakt dat de pijn psychosomatisch geworden was.

Het was een donkere, maanloze nacht, maar haar wolvenogen waren scherp genoeg om helder te kunnen zien. Ze kon het niet helpen om een laatste blik te werpen op de enige man die ze vertrouwde.

Howard Bear.

Een toepasselijke naam. Hij was lang, breed en chagrijnig. Hij was ontembaar, volgens de roddelaars. Op het randje van Wild. En dat zou best kunnen, maar enkel om die reden kon zij van hem houden. Hij was ook gebroken.

Ze had iets gezien, diep begraven in zijn bruine ogen. Zelfs die eerste dag op de toren, toen ze zich ergens had bevonden waar ze niet hoorde te zijn, had hij haar aangekeken met compassie, ook al sneerde hij naar haar en had hij haar de stuipen op het lijf gejaagd, tot het punt dat ze vluchtte.

Haar vader betrapte haar, kijkend naar Howards bijzonder lekkere kontje. Hij gaf een ruk aan haar arm, pijn schoot via haar schouder en nek omhoog, de hoofdpijn die altijd aanwezig was – behalve direct na een shift – aanwakkerend. 'Waar was je? Je zou Rowan opgeilen, teef,' snauwde King. Zijn hete, stinkende adem walmde over haar gezicht. 'Hij valt op gemakkelijke trutten; op jou, als je hem die kans geeft.'

'Het spijt me,' mompelde ze, wegduikend zoals haar vader verwachtte. Ze had nergens spijt van. Haar vader mocht Rowan dan respecteren, die alfa betekende niks voor haar. Howard aan de andere kant... ze keek uit naar een weerzien met hem. Om voor de verandering een echt gesprek te voeren.

Ze slaakte een melancholische zucht toen de grote donkere wolf de open plek verliet in tegenover gestelde richting. Ze kon het niet uitstaan dat hij niet langer aan haar zijde stond. Inwendig jankte haar wolvin.

Princess legde haar het zwijgen op. Als King hierachter kwam zou hij haar vermoorden.

Negen

H OWARD WACHTTE BIJ DE toren. Verschillende dorpelingen
kwamen naar hem toe voor instructies betreffende de taken van
de dag, of gewoon om een praatje te maken. Eén van de koi-fokkers
kwam hem vertellen dat er iets mis was met een groot exemplaar. Hij
sprak ze allemaal toe met zijn gebruikelijke rechtdoorzee-charme. Hij
schudde handen, klopte schouders en gaf high-fives.

Eén van de moeders, met een slapend kind in een buggy, kwam
naast hem staan, net toen de visboer terug naar het dorp liep om
de dierenarts te bellen. In gemoedelijke stilte aanschouwden ze de
omgeving.

De zaailingen lieten zich nog niet zien, maar Howard rook de
verandering in de aarde en wist dat de zaden ontpopten. Voor het
vredesverdrag getekend was zouden kleine groene blaadjes hun hoofd
boven de aarde uitsteken om aan hun reis naar de zon te beginnen.

De peuter begon te bewegen net toen een nu bekend figuur de heuvel
opliep. Onmiddellijk trok ze Howards aandacht. Ze had een atletische

bouw en, gekleed in een legging en een kort topje gemaakt van een oud band-shirt, toonde ze dat aan iedereen.

'Dus, laters,' zei de moeder, zijn blik volgend. 'Ik rij de kleine naar huis voor een schone luier.'

'Ja, goed. Tot ziens.' De wind blies Princess geur zijn kant op. Hij ging iets verstaan, maakte ruimte om haar wederom aan zijn zijde te hebben.

De vrouw grinnikte droog. 'Als hij de geur van jouw luier kan negeren, moet ze echt bijzonder zijn,' kirde ze tegen haar kindje.

Howard was te gericht op Princess om überhaupt door te hebben dat die opmerking voor hem gold.

'Hey,' lachte zijn obsessie hem toe. Een oprechte glimlach. 'Wat doet een beest als jij op een plek als dit?' Een scheve grijns sierde haar gezicht nog voor ze uitgesproken was. 'Bij Ate, werken dat soort uitspraken echt in de normie-wereld?'

'Vaak wel,' grijnsde Howard terug, genietend van dit lichtvoetige moment. Haar geur wikkelde om hem heen. Zijn wolf spoorde hem aan om meer te nemen. Hoewel hij dat wilde, hield hij zijn handen in zijn zakken.

'Dat is gewoon raar,' grijnsde de bitch. Ze draaide zodat ze naast hem stond, uitkijkend over het dorp en de vallei, over het bos erachter. Zijn elleboog raakte haar arm. Dat contact, hoe kort ook, wond hem op.

Direct vocht zijn wolf om voorrang in z'n drift om zijn mate te claimen, ongeacht de gevolgen.

'Jouw wolf... zit ie je altijd zo dicht onder huid?' vroeg Princess zacht. Haar hand zweefde vlak boven zijn arm, de donkere haren oprijzend om haar te ontmoeten.

'Hmm,' gromde Howard daarop. 'Maar ik heb de controle.' Zijn lagere, rauwere stem bestempelde hem een leugenaar.

'Juist,' lachte ze zacht. Ze bewoog haar hand langs zijn arm, hem nimmer aanrakend, maar hij voelde haar warmte tot ze haar hand liet zakken en haar gehele houding instortte. 'We zouden dit niet moeten doen.'

'Wat voor dit?' wilde Howard weten.

'Hier samen staan.' Haar glimlach bevatte een wereld vol verdriet. 'Jij bent niet mijn aanstaande mate.'

'Fuck dat,' gromde hij. 'We kiezen onze mates niet. Ate kiest voor ons. En het Lot is een stomme bitch.'

Princess grinnikte, een laag keelgeluidje dat hem volledig betoverde. 'Tart Haar niet. Volgens mij ben ik hier trouwens de bitch.'

Zijn ogen vernauwden. 'Maar niet heus.'

'Echt wel.' De zachtheid van haar stem contrasteerde sterk met haar uitspraak.

Hij bracht zijn hand omhoog, tot bij haar gezicht. Het laatste fragment afstand overbruggend leunde ze naar zijn aanraking toe. Haar ogen sloten op het moment dat haar wang contact maakte met zijn handpalm. Met een sidderende zucht ontspande ze.

Howard wilde zijn armen om haar heen slaan, haar veilig houden, haar beschermen tegen de wereld. Maar het kon niet. Ze had een punt over Rowan. Als ze te snel gingen, zou alles naar de tering gaan.

Dus sloot hij zijn ogen en grifte elk detail van dit moment in zijn geheugen. Zichzelf dwingend om het zo diep in zijn onderbewuste op te slaan, dat zelfs de Schrikkeljaarvloek het hem niet af kon nemen.

'Je bent van mij, Princess.' Zijn wolf kon het niet helpen zichzelf kenbaar te maken. 'Wie dan ook bedenkt dat dat anders gaat zijn, zal ik neerhalen.'

De golf lust die van haar af rolde was als een vuistslag in zijn buik.

Controle.

Hijgend draaide hij zich om, wegrukkend van haar. Ze betekende alles en hij zou haar niet laten gaan. Rowan, King en hun stomme vrede konden naar de Hel lopen. Voor haar zou hij de wereld platbranden.

'Hoe leuk ik dat ook zou vinden,' haar harde stem onderbrak zijn blijkbaar externe monoloog, 'je houdt jezelf voor de gek als je denkt dat je het eigenhandig op kan nemen tegen de Ragged-horde.'

Hij draaide zich om, snauwend als een wild beest. Zijn vorm gestold ergens in het midden van de verandering tussen mens en wolf.

'Jij jaagt mij geen angst aan, Howard Bear.' Haar grijsgroene ogen weerspiegelden kalmte, toonden haar ruggengraat. De ruggengraat die haar tiranieke verwekker niet uit haar geslagen had.

Ze legde haar hand tegen zijn snuit. Hij kalmeerde genoeg om terug te veranderen naar man. Haar blik verzachtte.

'Schattig.'

'Vervloekte vrouw...'

Ze giechelde, ging op haar tenen staan om hem te kussen, maar zakte terug voor ze door kon zetten. Gehuil steeg op uit het dorp, haar goede stemming met zich mee nemend.

'We zouden allebei naar huis moeten gaan, voor iemand ons betrapt.'

Howard was het met haar eens. Hij zou tactvol zijn band met Princess moeten aankaarten bij zijn broers. Subtiliteit was niet zijn forte. Hij was meer het stille, sombere type, dat tactische en politieke uitspraken doen met genoegen overliet aan Rowan en Chester.

Tien

HALVERWEGE HET DORP VOND Princess een kroostige vijver in een van de normie-tuinen. Ze ontdeed zichzelf snel van haar kleren, veranderde naar wolf en rolde rond in het ondiepe gedeelte. Ze moest zijn geur kwijt raken.

Haar vader mocht voor Rowan niets dan minachting voelen, hij haatte ieder ander die geen lid was van de Royal pack. Thuiskomen, ruikend naar Howard Bear, zou niet goed voor haar aflopen. King zou haar vermoorden als hij Bear op haar rook, in plaats van Rowan. Of nog erger, hij zou Howard vermoorden.

Eenmaal weer mens hing er kroos in haar haren en kleefden er algendraden aan haar armen. Ze liet het zitten. Haar kleren roken nog steeds een beetje naar hem, wat ze verholp door ze een keer door de composthoop trekken.

Stinkend keerde ze terug naar haar logeeradres.

Zodra ze binnenkwam, werd ze onderschept door haar vader. Zijn bloeddoorlopen ogen hielden haar op haar plek, zijn adem heet en onwelriekend. Het ging niet goed met hem en Princes hoopte dat hij zou sterven. Heel binnenkort. Pijnlijk. Ze had haar vermoedens over waar hij last van had, gezondheidshalve, maar hij zou elke prognose uit pure koppigheid overleven.

Hij sloeg haar in het gezicht. 'Waar ben je geweest, teef?'

Ze liet haar gezicht naar voren vallen. Klemde haar kaken op elkaar, genietend van de pijn. Hem van repliek dienen zou zaken verergeren, dat wist ze. Maar vandaag kon ze het niet helpen.

'Door de modder rollen, wat is hier verder te doen? Je laat me nooit ergens heen gaan!' jankte ze, als een verwend nest.

Hij sloeg haar opnieuw. Ze bewoog mee met de klap om de pijn te minimaliseren. 'Niet zo brutaal doen. Teven moeten hun plek kennen.'

Ze wist waar haar plek was. Niet hier. Niet langer. Howard ontmoeten had het vuur in haar binnenste doen oplaaien. Wat King haar ook aandeed, het was niets in vergelijking met wat Bear met King zou doen als hij eindelijk die kans kreeg.

Elf

EEN AANTAL DAGEN LATER had Howard nog niets over Princess kunnen zeggen tegen Rowan danwel Chester. Zij waren sowieso druk geweest met iets. Net als Lumi en Banjo, nu hij erbij stil stond.

Hij was doorgegaan met zijn leven, onsuccesvol proberend een manier te vinden waarop hij het nieuws aan zijn broers kon mededelen.

Zijn dagen waren gevuld met het aanhoren van klachten. De bezoekers waren alles behalve vriendelijk tegen de normies. En hoewel iedereen zich ervan bewust was dat de restricties – de avondklok en niet toegankelijke gebieden – over twee weken weer opgeheven zouden worden, was men er na een week al zat van. Het meest irritante vonden de dorpelingen het nu beperkte contact met hun buren.

Howard charterde een paar wolven om te helpen meer veilige plekken op te zetten waar de dorpelingen zich konden vermaken. Die wolven waren geen alfa's, zoals zijn broers en hij, maar volgers die de vrijheid van een Bachelor-pack genoten, ongestoord door de ingewikkelde politiek van een familie-pack.

Kijkend naar de vrouwen en kinderen die zich vermaakten in het buurthuis – ze speelden pool en tafeltennis – besloot hij dat vanavond de avond was dat hij de bom zou laten barsten, tijdens de wekelijkse bijeenkomst met zijn wapenbroeders.

Het Lot bepaalde anders. Rowan liet zijn eigen bom vallen, één die het vredesverdrag gegarandeerd van tafel zou vegen. De idioot had al een mate, en hij was haar glad vergeten. Howard had weinig in te brengen in het daaropvolgende geharrewar, anders dan zijn twijfel uitten over Rowans vermogen zichzelf te ontdoen van de onbekende vrouw. Toen Jay een gevecht begon, dook hij daar met genoegen in, enkel om stoom af te blazen.

Vier kerels likten hun wonden in de nasleep, terwijl Rowan zijn Long Island ijsthee achterover sloeg. Chester stak een hand uit, luciferhoutjes tussen duim en wijsvinger geklemd. 'Wie aan het kortste eindje trekt, trouwt met Princess.'

Howard zond een schietgebedje naar Ate, om hem deze gelukstreffer te geven, zodat hij geen van zijn broeders hoefde te doden om een vrouw. De wispelturige trut moest hem gehoord hebben.

Banjo, Jay en Lumi wreven zijn verlies erin. Hij liet hen begaan, tot ze te irritant werden, toen duwde hij ze met een welgemikte duw en snuif van zich af. Rowan blies de aftocht, maar Chester nam hem van top tot teen op. Blikken kruisend met de tanige wolf-shifter, las Howard achterdocht in de grijze ogen. Chester merkte altijd net iets te veel op. Hij stak zijn middelvinger op en piekte de gebroken lucifer in de prullenbak in de hoek.

Twaalf

HOWARD WACHTTE DE HELE morgen bij de toren, hopend een glimp van Princess op te vangen. Hopend op een moment van verbinding, om haar te zeggen dat alles goed zou komen. Ze hadden niet afgesproken elkaar hier te ontmoeten, maar sinds het arriveren van de Royal Raggeds in New Town, was hij haar elke keer hier tegen gekomen.

Tegen het middaguur, na twee uur wachten, accepteerde hij dat ze niet zou opdagen.

Op de terugweg naar zijn dagelijkse taken – hij moest een van de nieuwere dorpsgenoten helpen met het omheinen van hun tuin – besloot hij om te lopen, langs het logeeradres van de Raggeds. Wolven patrouilleerden langs de grens op een manier die ze eerder niet gedaan hadden. Hekpalen gemarkeerd met urine. Gesloten gordijnen achter alle ramen.

Er was iets gaande.

De bries droeg een zweem van Princess geur mee. Hij zocht naar de bron en vond die in een handdoek, hangend uit een badkamerraampje op de eerste verdieping.

Waarom zou ze dat doen, als er prima handdoekenrekken in de badkamer stonden?

Hij moest dichterbij komen, de boel onderzoeken, maar juist toen hij de tuin in wilde stappen, werd hij onderschept door een mottige gozer met een uitdagende, chagrijnige blik. Howards wolf golfde onder zijn huid. De man deinsde terug, om een paar meter verderop post te vatten.

Howard hoorde Chester voor hij de taaie eikel zag. Chester was een vuist kleiner en had de helft van Howards massa. Hij gromde laag, meer een vibratie in zijn borst dan een geluid, terwijl zijn pack-broeder aan kwam lopen.

'Hoe gaat het, pik? Waarom sta je hier eigenlijk? Bang dat ze wegrent?'

Howard snoof en zweeg. Dit zou het perfecte moment zijn om de situatie uit te leggen, maar hij deed het niet. Niet tot Princess werkelijk zijn mate was. Niet tot King haar vrijgelaten had.

'Ben je je fortuin aan het verdienen? Zwijgen is goud,' plaagde Chester. 'Nee.'

'Het kan praten!' De staar die hij toegezonden kreeg liet Chester breder grijnzen. 'Waarom sta je hier de lucht te vervuilen? Er is een groep normies naar je op zoek. Iets over een vijver en een ontstemde goudvis.'

Howard schudde zijn hoofd en snoof. 'Had ze gezegd te wachten tot hierna.' Hij gebaarde naar het logeerhuis.

'Maar de goudvissen zijn nu echt heel erg overstuur en alleen onze meester-vis-fluisteraar kan ze tot bedaren brengen.'

'Het zijn Japanse koi, geen goudvissen. We fokken en verkopen ze.' Dat zou Chester moeten weten, gezien de verkoop van de grote exemplaren de helft van hun kwartaalinkomen bedroeg.

In de badkamer werd een nieuwe handdoek uit het raam gehangen. De bries en haar geur vertelden hem alles wat hij moest weten. Zij zat daar nog steeds. Opgesloten.

Schijnbaar was King niet alleen een tiran, maar ook paranoïde. Bij Ate's stevige tieten bad Howard dat een van zijn broeders de klootzak voor hem zou uitschakelen.

'Waarom ruikt die handdoek naar PB?' vroeg Chester. 'En waarom hangt ie uit het raam?'

'Vraag mij wat.' Hij had Princess in geen dagen gezien. Hij had alleen die verdomde handdoek als bevestiging dat ze er nog steeds was. En enkel met de grootste moeite lukt het hem om mens te blijven en de Bastille niet te bestormen.

'Goed gesprek.' Chester klopte hem op de schouder. Weglopend riep hij over zijn schouder: 'Ga je vissen water geven!'

Dertien

HOWARD GING BIJ ZIJN vissen kijken. Alles zou goed komen met de vis in kwestie, hij moest alleen gezien worden door een dierenarts. Meestal kwam de dierenarts naar New Town, maar vandaag reisde hij met vis en verzorger mee naar de dierenarts.

Op de terugweg besloot Howard dat er iets moest veranderen in de King/Princess situatie. Hij kon niet eeuwig blijven wachten. Zijn wolf zou zeker niet eeuwig blijven wachten.

'Minder muskus, man,' bracht de chauffeur uit, happend naar adem, het raampje open draaiend, terwijl hij de truck op de weg hield.

'Sorry.' Howard voelde zijn behaarde wangen heet worden. De bitch was de zijne en het werd tijd dat de wereld dat ook wist. Hij liet de deurgreep los voor hij 'm fijn kneep, wreef de nageldeuken op alsof ze daarvan zouden verdwijnen.

Zodra hij, terug in New Town, uit de auto stapte, en de Japanse Koi – twaalf kilo, schoon aan de haak – veilig in zijn vijver zwom, verraste Banjo

hem. Vanuit het niets veranderde hij van wolf naar naakte man, en zei:
'De pleuris breekt zo uit. Grasveldje naast het buurthuis, over een uur.'

'Wat gaat er gebeuren?'

Zijn broeder was echter alweer terug veranderd, van nudist naar
viervoeter in minder dan twee seconden, en rende weg, Howard
achterlatend met z'n onbeantwoorde vraag. Banjo was een goede
shifter, al haalde hij het bloed onder zijn nagels vandaan.

Howard had een moment nodig om de implicatie van wat Banjo zei
te begrijpen. Er ging gevochten worden. Hij zou moeten kiezen.

King afmaken, of Princess tot mate nemen.

Het was al bepaald.

Hoewel... als King zijn mate iets aangedaan had, zou hij de avond
niet halen, ongeacht de gevolgen.

Niemand kwam aan zijn mate.

Op het veldje was de situatie gespannen. Howard stond tussen zijn
broers, stilzwijgend ziedend. Luisterend, wachtend, terwijl Rowan
King inlichtte over de gewijzigde plannen. Zoals verwacht was King
het er niet mee eens. Hij sprong op Rowan af met een hondsdolle
snauw. De andere Royal Raggeds vielen ook aan.

Howard shiftte onmiddellijk, de kleren van zijn lijf rukkend voor
hij op vier poten landde. Hij beet en rolde. Net als zijn menselijke zelf
was zijn wolf gebouwd als een huis. Groter, sterker dan de meesten.

Hij beschermde zijn vrienden, zijn broeders, zijn pack, tot een stilte in de
storm hem toestond het slagveld te ontvluchten. Hij rende door de strat-
en, sneed bochten af door door tuinen te sprinten, meerdere zorgvuldig

aangeplante borders vernietigend. De wolf gaf er niks om. Hij had slechts één gedachte: *Mate.*

Aangekomen bij het logeeradres hoorde hij haar boven, in de badkamer. Hij blafte zacht: *Ik kom.*

Wolvenpoten konden geen sloten openen. Hoewel de deuren gesloten waren, wist Howard waar de reservesleutel bewaard werd. En dat was niet onder de mat, onder een bloempot of een nabijgelegen steen. Hij groef 'm op van onder een boom.

Het ingepakte ding vasthoudend met zijn tanden veranderde hij naar mens, liet het in zijn hand vallen. Hij haalde de sleutel uit z'n beschermende verpakking en opende de deuren.

Binnen rook het naar oude, natte hondenmanden, scheten en pis. Hij zou de consequenties daarvan later overdenken.

Van boven hoorde hij gekrab komen. Met twee treden tegelijk ging hij de trap op. Haar gejank deed zijn nekhaar overeind staan. Zijn wolf duwde zichzelf naar de voorgrond, maar wolvenpoten konden nog steeds geen sloten openen. Toch jankte hij terug naar zijn mate, haar angst en hitte ruikend.

De mens Howard realiseerde zich dat ze hier geen tijd voor hadden. King en zijn mormels zouden terugkomen, hun spullen ophalen en opkrassen. Princess was mogelijkerwijs hun meest waardevolle bezit. Haar zouden ze zeker niet achterlaten.

Hij dwong zichzelf te ontspannen, zodat hij terug kon veranderen. 'Achteruit.' Hij bekeek de deur. Iemand had 'm van buitenaf afgesloten met hardhouten planken en zware schroeven, die uit een van de werkplaatsen in het dorp gehaald moesten zijn.

Er kwam een rode waas voor zijn ogen. Hij trok de planken eraf met z'n blote handen tot hij de badkamerdeur kon openen.

Een grijze vorm dook op hem. Hij ving een poedelnaakte vrouw op. Zijn nood om haar te inspecteren werd onderbroken door haar kus. Ze vouwde zichzelf om hem heen, bleef hem zoenen, om hem plotseling hard genoeg in zijn nek te bijten om hem te laten bloeden.

Hij deed hetzelfde bij haar. Haar smaak – citrus en kruidnagel – vulde zijn mond, vervulde zijn wezen. Hij wist dat hij dit moment waarschijnlijk niet lang zou herinneren, maar bij Ate wat voelde het goed om hier te zijn.

'We moeten gaan,' kreunde Princess, zichzelf tegen hem opwrijvend. Hij moest haar hebben. Moest toegeven aan zijn oerinstinkten. Maar niet hier.

Zijn kuil. Daar zouden ze veilig zijn.

Met extreme tegenzin lieten ze elkaar los. Hij staarde een moment lang in haar grijsgroene ogen en zag zijn eigen ziel weerspiegeld.

Gehuil echode door de straat.

'Rennen,' zeiden ze tegelijkertijd, veranderend naar hun wolvenvorm.

Veertien

Z E SPRINTTEN DOOR TUINEN en kreupelhout. Door de kroostige vijver waar Princess eerder in gerold had. Langs het buurthuis naar de andere kant van het dorp. Het grasveld, waar het snauwende, grauwende, vacht-vliegende, huid-rijtende gevecht voortduurde, lieten ze links liggen.

Howard leidde, Princess volgde.

Ze passeerden de Koivijvers, door een kleine meditatietuin, naar een bungalow met groene luiken en een dubbele schoorsteen.

Howard rende om het huis heen, naar de aan het zonnebloemenveld grenzende tuin, waar een buitenkeuken uitzicht bood op de oude toren.

Hij ging naar binnen door het hondenluik in de bijkeukendeur. Princess volgde. Hij duwde het schuifslot dicht met zijn neus.

Ze haalden het tot de keuken voor ze toegaven aan hun aantrekkingskracht.

Vijftien

TIJD OM OP TE staan, Howard Bear. Je moet zo gaan.

'Zeggie?' gromde hij, zijn hoofd optillend uit Princess nek. Hij zou zweren dat hij Bionda's stem hoorde.

Omdat dat zo is, idioot.

Hij keek rond, zoekend naar de bron van de stem. Naast hem bewoog Princess, zich uitrekkend, hem afleidend.

Zucht... in je hoofd, stommie.

'Hoe kun jij nou in mijn hoofd zitten?' vroeg hij, rechtop zittend.

'Ik zit in je bed, minnaar-mijn, niet in je hoofd,' zei Princess, draaiend om hem aan te kijken.

Ga je aankleden, ga naar het buurthuis en laat je broeders zien dat je nog leeft.

'Waarom?' Als ze hem nodig hadden konden ze naar hem toe komen.

Hallo? Buurman? Wat dacht jij dat het betekende om bij een pack te horen?

'Met wie praat je eigenlijk?' Princess hees zichzelf nu ook overeind. Een frons trok haar wenkbrauwen tot één lijn.

'Bionda, onze heks. Ik heb welgeteld drie dagen een mate, Bie. Ze kunnen me heus nog een week missen.'

Nee. Je moet pronken met je mate.

'Waarom?' Inmiddels begon hij pissig te worden. Zoals altijd als het op het kleine elfachtige vrouwtje aankwam.

Vanwege de kosmische tijdslijn.

Hij had geen idee waar ze het over had en of dat ze het serieus bedoelde of hem in het ootje nam.

En ook omdat je me een nieuwe klapstoel en een bootlading chocola verschuldigd bent.

Laat het aan de heks over om kleinzielig te zijn. Howard opende zijn mond om zich te beklagen, toen hij iets voelde knappen in zijn hoofd dat resulteerde in een scherpe, stekende pijn, vergelijkbaar met de hoofdpijn na te snel ijs eten.

Terwijl hij daarvan bijkwam, trok Princess een van zijn shirts aan, met een riem om haar taille voor wat vorm. Het stond haar goed.

'Kijk weg, Bear.'

'Waarom?'

'Omdat ik je bespring als je hiermee doorgaat.'

Hij grijnsde. Hij hield van haar. Ze was pittig en brutaal en zo verdomde veerkrachtig. Ze had niet één keer ineengekrompen in zijn aanwezigheid. Niet zoals op de dag dat ze elkaar voor het eerst ontmoetten.

'Zodat je het weet... Jij bent degene die naar dit gezamenlijk ontbijt wil. Ik vind het prima om nog een week in bed te blijven, of een maand, of een jaar.' Ze ging op het voeteneinde zitten om sokken aan te trekken die tot haar knieën kwamen. Ze trok een gewatteerd geblokt overhemd aan bij wijze van jas.

'Nee. We gaan.' Over één ding had Bionda gelijk, ze konden de rest niet voor eeuwig ontlopen. Daarbij was hij best nieuwsgierig naar Rowans mate. En hoewel het idee letterlijk een beer te worden nog steeds verleidelijk was, zou de heks een manier vinden om dat z'n eigen straf te laten zijn.

Nieuwsgierige stemmen kwetterden toen ze het buurthuis binnentraden en hun weg vonden naar de kleine eetzaal.

'Waar is Howard eigenlijk?' vroeg Rowan, een mandje zoete broodjes doorspelend naar de blonde vrouw aan zijn zijde. Een nog kleiner blondje zat naast haar, alleen haar kruin was zichtbaar boven de rugleuning van de stoel.

'Hier is ie,' zei Howard droog. Princess tegen zijn rug gedrukt.

'Is dat PB?' vroeg Jay verbaasd.

'Dat is mijn mate,' stipuleerde Howard, zijn stem laag, nekharen recht overeind. Zijn blik vernauwde richting Jay. Eén verkeerde beweging en hij maakte gehakt van het mormel.

'Hij's mooi!' Banjo verslikte zich in zijn sinaasappelsap. 'Nu weten we ook waar jij heen ging tijdens het gevecht.'

De kamer barstte uit zijn voegen door de hoeveelheid lawaai. Princess bleef tegen zijn zijde geplakt en Howard snauwde tot iedereen zich weer als fatsoenlijk mens kon gedragen.

Toen alles weer rustig was, en er een extra bord neergezet was voor Princess, vroeg Banjo met volle mond: 'Dus, wie's de volgende? Ik bedoel, we hebben nu twee broeders met een mate. Deze vrijgezellen worden een familie. Kunnen we net zo goed allemaal eraan geloven en die verandering vastzetten.'

'Hé! Spreek voor jezelf, Fikkie,' wierp Jay tegen, enkel om tegenstrijdig te zijn. 'Ik heb geen haast mezelf in het huwelijksbootje te werpen. Vrije staarten, blije staarten!'

Chester sloeg enkel zijn armen over elkaar. Hij zou wel zien hoe lang dat ging duren.

Dankwoord

DANKJEWEL LEZER, VOOR HET oppakken van Schrikkel-jaarvloek en Aan Mijn Zijde. Dank je voor je steun. Ik vind het geweldig om over jouw ervaring van mijn verhaal te lezen op social media en om mijn cover terug te zien op jouw account. Er is geen grotere eer dan zien dat jij net zo van mijn personages houdt als ikzelf.

Ja, ik ben me ervan bewust dat dit verhaal een vol boek had kun-nen zijn. Dat geldt ook voor Schrikkeljaarvloek. Er zijn echter zoveel projecten waar ik tijd aan wil besteden dat ik ervoor gekozen heb de Bachelor Pack uit te werken als een reeks korte verhalen, zodat ik jullie – hopelijk – in korte opeenvolging al hun verhalen kan geven.

Proost! Op alle schrijvers van het Inktpot Café; met elkaar zijn we een geweldige gemeenschap!

Dankjewel Marit, voor het proeflezen van deze Nederlandse versie terwijl je op vakantie was.

Magisch glitterend bedankje voor Ilse, mijn schrijfmaatje, die genadeloos aanwijst waar mijn schrijfstijl passief wordt en waar er beschrijvende details missen. Dankje voor het snelle lezen, elke keer dat ik een nieuw hoofdstuk klaar had.

En als laatste, een bedankje voor mijn man, gewoon omdat je geweldig bent.

Over de auteur

Z ANNA BEAR WOONT IN Den Haag, met haar man en twee kinderen. Ze houdt van de zee maar haat het strand. Zand is vervelend en het kruipt waar het niet gaan kan.

Verhalen vertellen is haar passie. Ze deelt haar liefde voor het fantasy en romance genre niet alleen door middel van TTRPGs zoals Dungeons&Dragons, maar ook door LARP.

Naast schrijven houdt ze zich bezig met hobby's als tekenen, quilten, haken, borduren en in het algemeen rommel maken met knutselspullen.

Om haar korte verhalen te lezen, in zowel Engels als/of Nederlands, ga je naar www.seashellbear.com

Om op de hoogte te blijven van haar meest recente publicaties, kun je haar volgen op Instagram @seashell.bear.creative of op Facebook @Zanna Bear.

Van dezelfde auteur

Bachelor Pack serie

Schrikkeljaarvloek
Aan Mijn Zijde

Bachelor Pack Universum

Een Pup voor Kerst (December, bij Inkt.X)

Engelstalig

Three of Cups
The Lost Siren, Part I (coming soon)